JN150082

剣岳

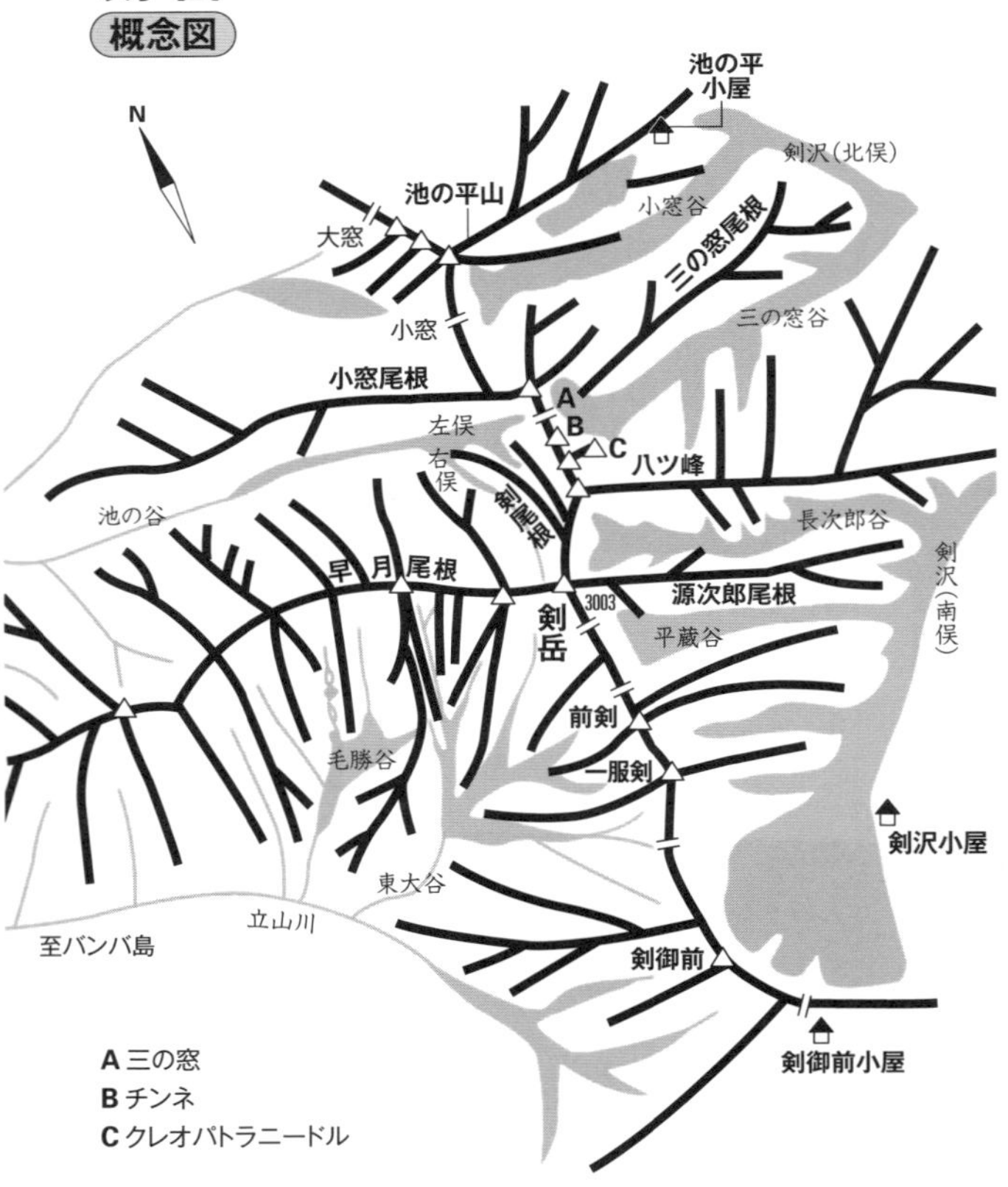
概念図
N
池の平
小屋
剣沢（北俣）
池の平山
小窓谷
大窓
三の窓尾根
三の窓谷
小窓
小窓尾根
A
B
C
左俣
右
俣
八ツ峰
剣
尾
根
池の谷
長次郎谷
早 月 尾根
剣
沢
（南
俣）
源次郎尾根
3003
剣
岳
平蔵谷
前剣
毛勝谷
一服剣
剣沢小屋
東大谷
立山川
至バンバ島
剣御前
剣御前小屋
A 三の窓
B チンネ
C クレオパトラニードル

新潮文庫

チンネの裁き

新田次郎著

新潮社版

10309

チンネの裁き

チンネ（Zinne）とは、山言葉で、巨大な岩壁をもつ尖塔（せんとう）状の岩峰を意味する。イタリーでは、コルチナ北東のドライ・チンネが有名だが、わが国では北アルプスの雄峰、剣岳（つるぎだけ）の三の窓にそびえる岩峰をいう固有名詞になっている。この岩峰は、一木一草もよせつけぬ約三百メートルの高さのもので、わが国屈指の優れた岩場として知られている。

第一章　落　　石

1

音は遠雷の響きに似ていた。音源のはっきりしない範囲の空間で反響し合う音だった。

木塚健の岩に伸した右手が元にもどった。彼は登攀（とうはん）の行動を一時停止して音に耳をそばだてた。続いて轟音（ごうおん）が起った。池（いけ）の谷左俣（たんひだりまた）の峡谷に起ったものすごい音響だった。

首だけを動かしたが、谷はよく見えなかった。足場（スタンス）と手掛り（ホールド）は彼をその岩場にかろうじて止（とど）らせているのに過ぎず、それ以上、身を動かすことは許されなかった。

彼はザイルのトップだった。後には寺林百平と京松弘がいた。中間（ミッテル）の寺林と最後（ラスト）の京松はそれぞれの身を岩場に確保している筈（はず）だから、音は彼等のうち誰かのミスによって起ったものではないことが分っていた。

冷たい霧が頬を撫（な）でて通った。木塚健は轟音が池の谷で起った落石によるものだろうと推察した。

木塚は落石の結果を見たかったが、そのままではどうにもならなかった。彼は岩にちょんと止ったかたちのままで、眼の前の黒い岩肌を睨（にら）んでいた。

音はしばらく続いた。音がやむと、深夜のような静けさに返った。

「登るぞっ！」

木塚は中間（ミッテル）の寺林百平に、そのまま前進して、岩棚（テラス）に登りつめることを告げた。そこに立って、自らを確保し、後続する二人を待つつもりだった。池の谷に発生した落石の有無は岩棚で確かめるつもりだった。

岩棚を霧がかすめていた。霧の去来は絶間がなかった。濃淡のある霧で、ごく薄い時には、霧のベールを通してこれから登ろうとする長次郎頭（がしら）に続く剣尾根の主稜（しゅりょう）が見えた。

木塚健は岩棚(テラス)に自己の身体(からだ)を確保してから、寺林に登ってこいと怒鳴った。ザイルをたぐり寄せながらも、池の谷の峡谷の下が気になった。よそ見をしてはいけなかったが、よそ見をした。霧は池の谷全体を掩(おお)っていた。

寺林は岩棚につくと直(す)ぐ、

「おい木塚、ひどい落石があったな」

と言った。二人は最後(ラスト)の京松弘を待った。京松が三人のパーティーのリーダーだった。京松は彼の持前の登攀速度よりずっと速く岩棚に取りつくと、

「あの落石なら、まず助かるまい」

とつぶやいた。

「誰か下に居たんですか」

木塚は、京松が池の谷の峡谷に登山者が居るのを、認めていたのだなと思った。

「いや、分らない、いたとしたらの話だ……」

池の谷左俣にはあまり人が入らなかった。居たとするより、居ない確率が高かった。

三人は岩棚に腰をおろして、一息ついた。一しきり濃い霧が通り過ぎた後、突然霧が霽(は)れた。霽れたというよりも切れ間が出来た。谷をへだてて小窓尾根と小窓頭が見え

た。池の谷の底の霧はずっと薄くなり、突然切れて穴があいた。

雪渓の上に登山者の姿が見えた。一人が一人を介抱しているようにも見えるし、二人がかたまり合って倒れているようにも見えた。

「大声で呼んでみようか」

木塚がリーダーの京松に言った。

「よせ、落石がまた始まるといけない」

大声や物音が誘因になって落石が起る例はいくらでもあった。大きな声を出すのはこの場合、当然慎むべきであった。

「やっ！　小窓頭にも人がいる」

京松は意外な発見にちょっと驚いたふうであったが、

「あいつは三の窓に向かって、急いでいるぞ、多分彼は三の窓から雪渓におりて行くつもりなんだな」

それから京松は木塚と寺林に向かって、

「こちらからも誰かが直ぐ行かねばなるまい」

と言った。

「僕が行こう……」

木塚健がそうするのが当然のような顔をして、言った。彼は三人のパーティーのうちで、一番若くて、身軽だった。剣尾根の登攀のトップをやるだけの自信があるから、ドーム壁の岩をザイルで懸垂下降して池の谷の現場へ行くことなぞ、なんでもないことのように思っていた。

「責任上俺が行った方がいいが」

京松が言った。三人のパーティーのリーダーではあるが、落石事故とはなんの関係もなかった。責任上というのはおかしいし、いった方がいいというのは、行くつもりはないのだなと木塚は思っていた。

寺林は初めから行くつもりはないらしかった。彼は木塚と京松に等分に眼を配りながら、どちらでもいいから、さっさと決めてくれという態度だった。

木塚は下降の準備を始めた。懸垂下降で一気におりられる高さではないから、下降の前に、一応のルートの見当をつけておく必要があった。相変らず霧が邪魔だった。

京松が捨て縄の準備をしてやりながら、

「よっく見て来てくれ、僕等は長次郎頭で君の来るのを待っている」

その声を聞きながら木塚はハーケンを岩に打ちこみ、捨て縄をかけた。

「行ってくるぜ、霧の霽れるのなんか待っちゃあいられない」

木塚は大腿部にかけたザイルを肩に背負って言った。彼の鋲靴が岩を蹴った。寺林はいくらか微笑を浮かべて木塚を見送っていた。京松がひどく突きつめたような顔をしていた。懸垂下降をしていく、パーティーのリーダーにかわって、雪渓の上に起きた事故を見にいく木塚に向ける感謝の眼ではなかった。京松の眼はなにかを虞れていた。虞れているものを見にいく木塚に対して示す不安な色だった。

寺林百平は冷然としていた。大変なことが起ったようだが、俺は知らんぞといった顔で、ルックからカメラを出して、幾枚か写真を撮っていた。霧がまた視界をとじた。

木塚は案外楽な下降をした。雪渓を踏んでから、彼は霧の岩壁の上にいる京松と寺林に下へ無事降りたことを知らせてやりたかった。彼は、落石に注意しながら低く長く、岩に向かって叫んだ。上からは応答がなかった。雪渓の中央と思われるあたりから返事があった。調子はずれの声だった。

2

木塚健はザイルの束を肩にして、雪渓に足を踏み入れた。霧の中に人の動く気配があった。

雪渓にはおびただしい落石の跡があった。雪渓の中に半ば埋れている石もあった。

落石した直後であったから、石の半面が霧に濡れずにあるものもあった。雪渓につけられた条痕は無数であった。すべて雪渓の中心に向けられてきざまれていた。

木塚は雪渓に一条の血を見て足を止めた。その先に二人の男がいた。

木塚は霧の中に向かって声を掛けた。一人がなにか言ったが、言葉にはならなかった。

落石は狭い雪渓の一部に向かって三方からなだれ落ちたものと見えた。落石にかこまれて、一人の男が倒れ、その傍に一人の男がしゃがんでいた。

「怪我は……」

木塚は覗きこんだ。倒れているのは死体だった。無慚な死に様だった。後頭部から血が吹き出していた。洋服は引きさかれ、ところどころに血がにじんでいた。アイゼンのひもは切れていた。

「僕がこの男を殺した。蛭川繁夫は僕が殺したんだ」

雪渓に膝をついていた男が突然叫ぶように言った。

蛭川繁夫、木塚はその名を知っていた。既に名の通った若手のクライマーというよりも、最近編成を見たばかりのヒマラヤ遠征隊のリーダーとして知っていた。遠征隊は編成されたが資金の点で行き悩んでいた。ヒマラヤのジャヌー（七七一〇メートル）

が彼等の目標だった。恐怖の峰として世界中に知れ渡り、おそらく現在の技術では当分の間は征服されないだろうというのが登山家の間の定説になっていた。フランス隊が撃退されたのもついこの間のことである。

「蛭川を殺したのは僕だ、ヒマラヤのジャヌー遠征を前にして蛭川を殺したのは僕の不注意だった。ほんのひとかけらほどの浮き石が、僕の靴の下から転がり出した。それが落石の原因を作ったんだ」

「あなたの怪我は？」

同じパーティーだから当然、いくらかは怪我をしているだろうと木塚は思った。

「怪我？　僕は怪我なんかしていない、僕は三の窓で靴のひもが切れた。それを結び変えていたので、蛭川よりずっと遅れていた」

「なるほど」

木塚は大きくうなずいてから、その男に向かって改めて言った。

「あなたが、靴のひもを結んで三の窓を出た時には、蛭川さんは雪渓の半ばにいた。そこであなたが落石を起した？」

「そうだ。僕が落石を起す原因を作った。ほんの一かけらにもつかないような小石が、僕の鋲靴（ナーゲル）の下からころがり落ちていった。すると、その小石が、一つ一つの石に魔術でもかけているように、ことごとくの石を呼び起したのだ」

「勿論、落石とかケヤーとか叫んだでしょうね」

えっというような顔をして男は友人の死体を背にして立ち上がって、初めて木塚の顔を見た。山男にしては瘠せていた。色も白かった。友人を失ったために気が転倒したのか、いくらか顔がゆがんで見えた。なにか言おうとして、すぐには言葉にならない顔だった。

「僕等三人は眼の前の剣尾根のドーム壁の上に居た……あなたのケヤーの呼び声は聞きませんでしたね」

「確かに僕はケヤーを叫んだ……いや叫ばなかったかも知れない。そうだ、なにも言わなかったんだ、あまり突然だった。石が僕の靴の下からころがり出すと……」

男は前と同じことをまたしゃべり出した。

「いいんです、なにも僕はあなたをせめているのではありません、ただ僕はあなたのケヤーの声が聞えなかったと言っているだけです。叫んだとすれば充分に声のとどく距離にもかかわらず、僕には聞えなかった……」

「鈴島君のケヤーの声は、小窓頭に居た僕の耳にはちゃんと聞えていたぞ……」

霧の中から声がした。登山家にしてはやや肥り過ぎた男が、近よって来た。赤いチエックの胴着を着ていた。

「陣馬君、えらいことを僕はしでかしてしまった。蛭川は落石で死んだ、僕の靴の下からころがり出た一かけらの石が……」

「聞いていた。君の声は霧の中を通ってどこまでもつつぬけに聞える。……ここは池の谷だ。落石はこれだけではすむまい、これ以上遺体を傷つけないように、岩かげに運ぼう。これからしなければならないことがいくらでもある……」

それから陣馬は木塚健の頭から足先までじろりと一瞥(いちべつ)して、どこに居たのかを聞いた。ドームの上に三人でいたと答える木塚に、更に所属山岳会と木塚の名前を聞いた。

(気障(きざ)な野郎だな)

木塚は初対面からこの陣馬という男が気にいらなかった。木塚健は胸を張って所属山岳会の名前を言った。陣馬がそんな山岳会の名前は知らぬぞという顔をするだろうと思った。

「京松弘の山岳会だな」

陣馬は改めて木塚の顔を見直してから、三人のメンバーの中に京松弘がいるかどうかを訊(たず)ねた。

「来ています、呼べば声のとどくところにまだ居る筈です」

まあいいと陣馬は首を振って鈴島に向かっていった。

「京松弘が来ているとは驚いた。……」

霧が少しずつ霽れていった。

池の谷左俣の雪渓の両側は小窓尾根と剣尾根の壁によってさえぎられ、上部は八ッ峰頭から小窓王、北稜につながる尾根によって眼かくしされていた。

霧は霽れたが、長次郎頭に向かった寺林と京松の姿は見えなかった。

木塚健は落石がどのあたりからどの方向にかけて起ったかに眼を向けた。

蛭川繁夫を死なせた落石は主として三方からなだれ落ちていた。三の窓の下、小窓頭の付近、それにドーム壁の下方からだった。落石のあとが、岩にはっきり疵あとを残し、雪渓にも証拠を残していた。

「三方から同時に落石が起った」

木塚はひとりごとのようにつぶやいた。

「君はまだ落石というものにあったことがないのだな」

陣馬はチョッキのポケットに両手を落し込んで、

「こういう場所ではどこかに落石が起ると、その音響が岩壁に反響し合って、つぎつぎと落石を誘発するのだ……」

そんなことも知らないかといった顔だった。

「落石の音響と地ひびきが新しい落石を起す、それは当り前のことだ。僕が言っているのは落石の三つの主流の上部にそれぞれ一人ずつ人が居合せたということだ……三の窓には鈴島さん、小窓頭には陣馬さん、それからドームの上には京松さんがいた。それだけのことを一応あなたの前で確認して置きましょう」

木塚は陣馬の顔に投げつけるように言った。

「おいおい木塚君、君は一体ぜんたいなにをしにここまでやって来たのだね。その三人のうち誰かが過って石でも落して、蛭川を殺したとでも言いに来たのか。馬鹿なことを言うもんじゃあない、鈴島も僕も京松もちゃんとした登山家だ。君たちのように、きのう丹沢の沢登りを卒業しましたというような赤ん坊じゃあないぞ」

それだけいうと陣馬は鈴島に向かって、死体を安全な岩のかげまで運ぼうと言った。

「死体はそのままにして置いた方がいいじゃあないですか、少なくとも警察官が来るまでは、死体に手をつけてはならない……」

木塚は陣馬に逆いながら、なんでこんなにむきになっているのか自分が分らなくなった。

「馬鹿だぜ君は。馬鹿でなけりゃあ落石にびっくり仰天してどうかしたのだ。少なくとも君のような男は池の谷などへ来るがらではないな」

陣馬は頭から木塚健を軽蔑（けいべつ）している顔だった。

「がらではないでしょう、多分。しかし僕にとってこれほどの落石を見たことは初めての経験だ……」

木塚は背負って来たルックザックの中から写真機を取り出して、落石の跡を撮影しながら、

「こういう大掛りの落石はわれわれ山岳家にとって貴重な資料だ」

と言った。

「ふん、われわれ山岳家か？」

そういう陣馬にも、死体の傍にいる鈴島にも、死体にも木塚はカメラを向けた。ちょっと残酷な気持だったが、いやにお高く止っている陣馬に対するいやがらせでもあった。

「そんなことはあとでもいい、おい手を貸してくれ、死体を岩かげに運ばにゃならない」

陣馬はルックザックの中から雨具を出して蛭川の顔を包みにかかった。

「僕が蛭川の傍についている。……二人で剣沢（つるぎざわ）小屋へ知らせに行ってくれ、僕がつい

ていさえすれば蛭川だって淋しいとはいうまい」

　鈴島は死体の前に首を垂れて言った。なにもかも彼の責任だと自覚して罪の前に自失している様子だった。そこに居れと言われたら、一日でも二日でもじっとしていそうな顔に見えた。

「木塚君、君は先に行って京松に知らせてくれ、僕と鈴島は死体を岩に確保してから行く、速く知らせなければならない……たのむ」

　たのむと言った時に陣馬はちょっと頭を下げた。

「馬鹿でも、少しは頼みになるというのですね……」

　木塚健は左肩に掛けたザイルの束を右肩に移しながら、

「剣沢小屋より池の平小屋の方が距離にしたらずっと近い、池の平小屋へ知らせに行くべきじゃあないですか」

　なるほどといった顔で陣馬は木塚健の顔を見ながら考えこんでいたが、

「……だが結局は剣沢小屋に世話を掛けることになるし、警察官と医者のことを考えると、剣沢小屋へ直接知らせた方がいいじゃあないか、それに僕等の基地は剣沢小屋でもある」

「どっちだっていいですよ。僕はどっちにしたって夕方までには大丈夫行ける……」

木塚健は死体の前にしょんぼり立っている鈴島に眼を向けた。右のズボンの脇の細長いポケットに入っている登山用ナイフの柄の頭が見えた。

木塚は二人に背を向けて雪渓の急傾斜面を三の窓に向かって登り出した。

死んだ蛭川に呼びかけられているような妙な気持だった。現場について死体を見てから、異常に昂奮して鈴島や陣馬にずけずけ言ったのはいかにも山男にあるまじき行為のような気がした。少なくとも山で遭難した蛭川に対して礼を失していたと思った。

木塚は蛭川繁夫の死体の前まで引返して来て、両手を合せて頭を下げた。

頭のどこかで落石の轟音が鳴っていた。

3

寺林百平と京松弘は長次郎頭で木塚健を待っていた。

「落石に頭をやられて蛭川繁夫が死んだ」

「蛭川が死んだ？」

信じられないといった顔だった。京松は知友の不幸を悲しむためか、ちょっとうつむき加減にしながら眼を閉じた。閉じたまぶたがぴくぴく動いていた。口をちょっと曲げた。

「壮途を前に惜しいことをした」

ずっと低い声だった。

京松は普段の彼の顔にかえって蛭川との同行者の名前を聞いた。鈴島と木塚が答えると、

「鈴島保太郎だな、鈴島も確かヒマラヤ行きの一人だった。蛭川繁夫がリーダーか鈴島保太郎がリーダーか、しばらく決定しなかったようだが、今のところは蛭川が一応リーダーと決まっている。リーダーも隊員も決まってから出発できないのは資金の問題らしい……」

落石が起きた時小窓頭に居て、直ぐ三の窓に向かった男が陣馬だと聞くと京松はふんと吐き出すように、

「陣馬辰次(たつじ)、あいつは人絹(じんけん)のマフラーみたいな奴(やつ)だ」

「陣馬さんが小窓頭にいたんですか……」

寺林百平が驚いたような顔をした。

「君、知っているのか、あの男を……」

「陣馬さんは大学山岳部の先輩だった」

寺林百平は眼を眼下に落した。長次郎の雄大な雪渓の上部は既に日かげになってい

た。八ツ峰の奇峰群の連嶺は青空に拡げた屏風のようだった。

「落石はどこに起ったんだね」

　寺林が、マップケースを木塚の前に出して言った。

「落石は池の谷左俣上部全体に起った。しかし、その主流は三本ある。鈴島保太郎の居た三の窓の直下、陣馬辰次のいた小窓頭直下のこの辺、それから僕等三人のパーティーの最後にいた京松さんの丁度下あたりから起っている。どの石が致命傷だったか分らない」

「同時に起ったのではあるまい、どこかに落石が起きて、それが反響を呼んだんだろう」

「多分そうだと思う。鈴島は、彼の足もとからころがり出した一かけらの小石が落石の原因を作ったのだと言っている。彼は全責任を負うつもりらしい」

「落石の原因なんて曖昧なものだ、鈴島保太郎の足もとの小石が原因だと言えば言えるし、そうでないと言えば、そうでなくなる」

　京松が口を挟んだ。

「でも原因はあるでしょう。落石の主流は三つある、三つの主流の上に立っていた三人のうち誰かが、原因をこしらえたのに違いない」

落石の原因は、あくまで三人のうちの一人にしなければならないという木塚の顔だった。

「そうだ、それでもいい、その考え方でもいいさ。いずれにしても落石は起ったんだからね」

京松弘はゆっくり立ち上がって二人に少々急ぐぞと言った。三人の頭からは岩登りに来ているという感じは消えた。起った事件を早く知らせなければならないという共通した目的が三人を無言にした。

三人は剣岳の主尾根を南にたどり、平蔵谷の急傾斜の雪渓を棒ずり下降(グリセード)で降りた。雪渓は暮色につつまれていた。雪が固くなり出していた。剣沢の雪渓に出てから剣沢小屋までは登りだった。

雪渓のつきるあたりまで来て、京松弘が立ち止った。

「木塚君、剣沢小屋についても余計なことを言うなよ」

「余計なこと？」

「蛭川繁夫が落石で死んだことだけ言えばいい、それ以上の君の想像や推察は一切言うな、死因に疑問を残すようなことはしゃべらん方がいい。落石の音を聞いた。行って見たら、こういう状況だった。それだけでいい」

京松は靴の先で雪渓に穴を掘りながら言った。

剣沢小屋は登山者で一杯だった。

小屋の主人の文蔵は木塚の顔を真正面から見据えたまま一言も言わなかった。木塚は文蔵の眼をおそろしいものに感じながら、見て来たとおりのことを話した。

「あそこは落石の多いところだ」

文蔵はぽつんと一言言った。それまで、ひっそりとしていた泊り客の登山者たちが木塚に向かって一斉に質問の矢を向けた。

木塚は同じことを繰返すに過ぎなかった。文蔵に言ったとおりのことを、二度三度と立てつづけにしゃべると、それ以上、話すのは嫌になった。三人は小屋を出て彼等のキャンプ場に疲れた足を運んでいった。

その夜、三人が疲労した身体をシュラーフザックに横たえようとしていた頃、陣馬辰次の声がした。

「君が来ているんだったら一緒に小窓尾根をやればよかった」

陣馬辰次はパイプをくわえていた。ランターンの光で陣馬の顔が酔ったように赤く見えた。

「蛭川君たちと一緒に来たのかね」

京松は陣馬辰次の訪問を初めから喜んでいない顔だった。

「いや僕はひとりだ。蛭川と鈴島には剣沢小屋で偶然一緒になった。だが京松、おかしなめぐり合せだな、蛭川と鈴島と君と僕の四人は、かつては同じグループだった。蛭川の死を前にして偶然四人が顔を合せるということは、ちょっと考えられそうもないくらい劇的な再会だな」

陣馬はパイプの煙を胸一杯吸いこんで、黙って話を聞いていた木塚健の顔に向かって煙の束を真直ぐ吐きかけた。

「木塚君、今日は御苦労様だったね、疲れたろう。だが、おかげで後始末はうまくいきそうだ、剣沢小屋の若い者二人が室堂(むろどう)へ走った。明日の朝は警官と多分医者もつれて来るだろう」

「煙を吐きつけるのはやめて下さい、僕は煙草(たばこ)はきらいなんです」

木塚健は池の谷の遭難現場で初めて陣馬辰次に会った時から、陣馬が気に入らなかった。京松弘が人絹のマフラーだと評したとおり、木塚の眼にも陣馬はきざな男に見えた。

「蛭川と鈴島は池の谷を下って何処(どこ)へ行くつもりだったんだね」

京松が腕を組んで、いくらか首を傾(かし)げた格好で陣馬に聞いた。

「あいつ等はあまりにも岩に馴れ過ぎてるんだ、僕等が一日がかりでやる山を彼等は半日でやる。蛭川と鈴島は剣沢小屋を今朝五時に出発した、それから彼等は……」

陣馬辰次はちょっと言葉を切ってから寺林百平に向かって、

「寺林、久しぶりだったな、君が来ているとは知らなかったよ。地図をよこせ、それからランターンを近くに……」

先輩風を吹かせた言い方だったが、寺林は別に怒った顔も見せず、地図を陣馬の前にひろげて、剣岳のルート集もありますが出しましょうかと丁寧な言い方をした。

「いやこれでいい、彼等二人は朝五時に剣沢小屋を出発して剣沢の雪渓を下り、二俣から三の窓の雪渓を登り、八時半にはチンネの岩壁登攀を始めている……」

彼等二人は十一時半にはチンネの登攀を終了して一服、時間があるから、剣尾根をやろうと言って三の窓から池の谷左俣雪渓に踏みこんだのである。不慮の落石は三の窓下の急傾斜の雪渓を下降中に起った。

「どちらが剣尾根をやろうと言ったんです」

木塚が言った。

「どちらがって、蛭川か鈴島以外その場所には居やあしないだろう」

「だから、どちらが言い出したかと聞いているんです。まさか、あなたがそうするようにすすめたのではないでしょう」

「どっちがやろうと言い出したにしてもいいじゃあないか、そんなことを聞いてなにするのだ」

「ただ聞いてみたかっただけです。蛭川さんにしろ鈴島さんにしろ、ヒマラヤへ行こうというほどの人だ、ちゃんと予定を立てての行動にちがいない。あなたが剣沢小屋で御一緒だったならば、昨夜の間に多分その話は出ているでしょうね、あなたはそれを聞いている筈です」

木塚健は陣馬辰次を岩のてっぺんに追いあげるような言い方をした。

「知っていたさ、確かに昨夜二人はそのように話し合っていた」

「そうするとあなたは、二人のコースを知っての上で、小窓尾根に取りついたというわけですね」

そこまで木塚健が話をすすめた時、陣馬辰次の顔にちょっとした混乱が起ったが、すぐそれを陣馬辰次は笑いで胡麻化(ごまか)した。

「おいおい木塚君、君はたいした名探偵のつもりでいるらしい。つまり君は、僕があの二人を落石で殺すような位置に待機していたんだと言いたいのだろう——よろしい、君のいうとおりだ、確かに僕は落石の主流の一つの上に居た。石を落して二人を殺そうとすれば殺せる位置に居た。三の窓の上で靴の紐が切れたために遅れた鈴島もそうだし、ここにいる京松弘も、君に疑いをかけられる場所に居たんだ。それからどうする、木塚探偵……それだけではどうにもならぬ、人を殺すには、殺すだけの理由がある筈だ。それにはまだ考えが及ばないだろう。教えてやろう、第一の男、鈴島保太郎は蛭川繁夫が死んだ場合、ヒマラヤ行きのリーダーの栄誉を担うことが出来る。第二の男……この陣馬辰次が蛭川繁夫の死によって得をすることがあると仮定すれば、ヒマラヤ遠征隊のスポンサー、熊野定彦氏にヒマラヤ遠征隊に金を出すのを止めさせて、僕の方の計画、つまり、南米のヒリシャンカ攻撃隊へ金を出すことをすすめることだ。熊野定彦氏はひどく縁起をかつぐ人だからね、その可能性はある。それから、第三の男、ドームの上に居た京松弘だ……おい京松、いよいよ君の番だが……」

陣馬辰次は、ひどく口が廻る男だった。しゃべり出すときりがなくべらべらしゃべって、よどみがなかった。

「京松と蛭川の間に夏原千賀子さんというすばらしい女流登山家がいることを教えてやろう。これで、三人が三人とも条件は出そろった。どうだい木塚、これだけ材料が出そろったら文句はないだろう――」

陣馬辰次は言葉を切って途方もなく大きな声で笑い出した。

「もういいから帰れよ、陣馬、明日は早い、俺はひどく疲れている」

京松弘は明らかに不快の表情で言った。

「帰るさ、俺だって疲れている。明日はたのむぞ」

テントの外へ出た陣馬辰次は、

「木塚君、想像はすこぶる滑稽で楽しいものだ。しかし蛭川繁夫は今ごろ、雪渓の上で永遠に醒めない冷たい夢を見ているのだ。もう十年も山をやってみろ、君はもう少し山男の気持が分って来る筈だ」

それから陣馬辰次は、月がもう直ぐ出るぞとひとりごとを言ったようだった。陣馬辰次の足音が消えると、風がテントの入口を叩いた。

「寝ようじゃあないか、木塚、君は今日は少々どうかしているぞ、まるで夢でも見ているようだ。疲れているからだよ、君。登山家と名のつく人に悪人の居たためしはない。人を殺そうと考えるような男が山へなんか来る筈がないじゃあないか」

寺林百平は大きな欠伸をして、ランターンを消した。灯を消すとテントのすきまから外の明るさと寒さが忍び寄って来る。

三人とも眠ってしまったようにテントの中は静かだったが、しばらくの間、いびきも寝息も聞えなかった。

4

朝霧が雪渓の上を低く匍っていた。ほとんど動かない。室堂にいた警官と浄土山の富山大学立山研究所に滞在中の医師を中に挟んだ一行は、霧の中をゆっくり歩いていた。

先頭を歩いている陣馬辰次が時折甲高い声の早口でなにかしゃべる以外はあまり話が出なかった。靴の音が霧の層に反響してよく聞えた。警官、医師、剣沢小屋の若い衆二人、人夫三人、木塚健、寺林百平、京松弘。先頭は陣馬辰次、最後をいくらか遅れて鈴島保太郎が歩いていた。

剣沢の雪渓を下り平蔵谷の雪渓をアイゼンをつけて登りつめた時に霧が霽れた。剣岳の頂上で小休止。富山平野は霞んでいた。大日岳、雄山、後立山の群峰の雄大さとは別に尾根と谷と沢の作り出す彫りの深い景観がまぶしく眼を打った。

天気はまだ当分は続く気配だった。一行が三の窓についたのは正午近くであった。昼食、休憩の後、いよいよ遭難場所に下降。

陣馬辰次が、ずっと世話を焼いていた。下降の順位は相変らず彼がトップ。落石を考慮してザイルで身体を結び合せることはやめた。

「浮き石に気をつけて下さいよ、ミイラ取りがミイラになっちゃあいけませんからね」

陣馬辰次の冗談や無駄口は急傾斜のガレ場に足を踏み入れた時にぴたりと止った。一行はアイゼンをつけて、急傾斜の雪渓を静かに一歩ずつ下って行った。

蛭川繁夫の遺体は岩の陰に置かれたままになっていた。岩にハーケンで止めてある目印の手拭（てぬぐい）が、雪渓に沿って吹き上げる風で動いていた。

「どこでやられたのかね」

警官がノートを出して陣馬辰次に聞いた。そこですと陣馬辰次がゆびさした。

「石はどこから落ちて来たのだ」

「落石は大体三方から起ったようです。なにかのはずみで落石が起ると、響きが落石を誘導して大きくなります。特にこのような狭い場所では必ずそうなるのです」

陣馬辰次は周囲をゆびさして言った。青空に向かって突き出している両側の岩壁に二方が挟まれ、三の窓直下の急傾斜が上方にふたをしていた。

「なにかのはずみというと」

警官はノートに鉛筆を立てて言った。

「風もある。日中のあたたかさで雪が解けて、いままで引きしまっていた石が動き出すこともあります。おそらく今度の場合も……」

「いや違う、陣馬の言うなにかのはずみというのは僕が作ったのです。その時僕は蛭川からずっと遅れてガレ場の上にいた。僕の靴の下から、一かけらの石がころがり出した。すると、その石に誘われたように落石が始まった。僕がその小さい石の一かけらを落さなかったら、蛭川繁夫は死なないですんだのです。言わば僕が蛭川を殺したようなものです、蛭川を殺したのは僕です」

鈴島保太郎はきのう木塚健の前で言ったとおりのことを、警官の前で言った。

「鈴島、きみは昂奮している。パーティーの一人が死んだんだからそう思うのも無理はないが、それは君の独断というものだ。落石の原因は君一人でひっかぶるほど簡単なものではない。たとえば蛭川自身が過って石を落した。その音響が、落石の導火線となったとも考えられないことはない……」

「他にこの場に居合せた人はあなた方三人ですね……」

警官は京松弘に聞いた。

「霧が霽れた直後にわれわれ三人は、倒れている蛭川を鈴島が介抱している姿を見かけて、この木塚君が、救援のために、あの岩場をおりて来たのです」

京松弘はドーム壁の上をゆびさした。

「木塚？　木塚なんというのかね、あなたは……」

　警官は木塚の氏名をノートに書いてから、落石の時間を聞いた。

「一時二十三分、但し僕の時計は平均七秒ぐらいの日差がある」

　京松弘が答えた。

「一時二十三分、終った時間は？」

「落石は五分ほど続きました……」

「すると一時二十八分に落石は終ったことになるわけですね」

　警官はぴたりとノートを閉じた。落石の主流が三つあることや、その場に居合せた人達の前後の行動などあまりくわしくは聞かなかった。山の遭難死という型にはまったケースとして片付けてしまいたい顔だった。

　寺林百平は一群と離れて写真を撮っていた。この遭難とはなんのつながりもありませんといったような冷酷な態度であった。

　警官は、ではどうぞと医師に眼で合図をした。蛭川の死体の顔から、雨具が取り払われた。

「右脳底骨骨折、左頭頂骨骨折、下顎骨骨折、頸椎骨骨折……」

　医師は傷の箇所を一つずつ、ゆっくり言った。それを警官がノートに記入していった。

蛭川繁夫の遺体は蛭川のシュラーフザックにいれられ、ザイルにしばられて、雪渓を三の窓に向かって、引張り上げられていった。雪渓がつきて、ガレ場になると、人夫が背に負って三の窓の鞍部（あんぶ）を越えた。そこからは下りだった。三の窓の雪渓を蛭川繁夫の遺体は柴橇（しばぞり）に乗せられて下って行った。雪渓のほぼ末端に近いところに大きな岩がある。近藤岩（こんどう）である。死体はそこに置かれた。

背後を振り返ると雪渓の全容と、左側に八ツ峰の奇峰が頭を揃（そろ）えて見えた。ずっと上に、クレオパトラニードル、チンネ、小窓王の尖峰（せんぽう）が見えた。

一行が真砂沢（まさござわ）の出合から剣沢雪渓を登って剣沢小屋についた時には既に夕闇（ゆうやみ）が迫っていた。

5

木塚健は女流アルピニストという概念にとらわれ過ぎていた。色の黒い、肩幅の広い、がっちりした女、それが木塚健の想像していた夏原千賀子であった。だから彼と並んで立っている寺林百平に、この次に焼香する女が夏原千賀子だと教えられても、直ぐには承服できかねない顔をした。

夏原千賀子は黒いスーツを着ていた。それが彼女の白い顔を引き立たせていた。どちらかといえば小柄な方だった。彼女は儀礼通り焼香をすませると、下を向いたままで蛭川家の門の外へ歩いていった。門の受付にいた、蛭川繁夫の属する山岳会のメンバーが一せいに頭を下げた。夏原千賀子は門を出て初めて、ハンカチを顔に当てた。

「夏原千賀子さんですね」

木塚健は駅の改札を入って直ぐ千賀子に言った。千賀子は階段にかける足をちょっと止めて、木塚を見た。

「僕は木塚健というものです。蛭川さんが遭難した時、直ぐ近くに居たひとりなんです……」

木塚健は名刺を出そうとポケットを探した。

「なにか私に……」

警戒している顔だった。

「あなたは新宿までいかれるのですね。ちょっと、蛭川さんのことでお聞きしたいことがあるのです」

電車が来た。二人は空いた席に並んで腰をおろした。

「なにか私に……」

「是非あなたにお訊ねしなければならないことがあるのです……その前に一応私はあなたに、私が警察となんの関係もないということを言っておきましょう。私は蛭川繁夫の落石による遭難死について疑惑を持っているのです」

「疑惑？　疑惑といいますと……」

「単なる落石による事故死ではなく、もっと別な原因で……」

夏原千賀子は木塚健の目的が分ったのか、やや安堵した顔になった。

「新宿でゆっくりお聞きしましょう」

千賀子は言葉を慎んだ。

喫茶店で千賀子と向き合って、木塚健が感じたことは、千賀子が相手を見る時の眼の特徴であった。千賀子は相手に眼をすえたままほとんど眼を動かさなかった。教師の講義を熱心に聞く子供の眼のように彼女の視線は寸毫も動かなかった。

「僕は蛭川さんの落石死を否定しているのではありません。あの谷に向かって落石を起す誘因を作った男がいやあしないかと思っているのです」

「蛭川さんは自然に起きた落石によって死んだのではないのですか」

千賀子は物を言う前にほんのちょっと首をかしげた。それをする時だけ彼女の固定した表情は変った。

「そういうことになっていますが、僕は、僕一人だけはそう考えたくないのです。蛭川さんを死に追い込んだ落石の主流は三方面から起きた。つまり落石は……」

ちょっとお待ちになってと彼女は言って、ハンドバッグの中から懐中ノートを出して、彼の前に拡げた。木塚は池の谷左俣の略図を書きながら、遭難当時の大略の模様を説明した。

「要するに落石の原因を作り得る人が三人それぞれの落石の主流の上に居たのです」

「すると、鈴島さんか、陣馬さんか、京松さんが石でも落して蛭川さんを殺したとでもあなたはいうのですか」

「はっきりいいましょう、私はその三人のうちの一人が、落石の誘因を故意に作ったのではないかと思います。けれども、今日あなたに会ってお聞きしたいことはその三人のことではありません。死んだ蛭川繁夫自身の問題です。蛭川が自分で落石を起した。一つ落石が起るとその音が反響し合って谷一帯は落石のルツボになった。そして蛭川は死んだ。つまり蛭川繁夫が自殺するために、自分自身の手か足を浮き石にかけたかも知れない。そういうふうな死の誘惑が蛭川の心の中にあったかどうかを、僕はあなたに聞きたいのです――」

木塚健はよどみなく言ってから、夏原千賀子の眼の動きを見ていた。

「私がどうしてそれを……」

千賀子は眼を伏せた。

「僕は蛭川繁夫があなたと親しかったことを知っている」

そうです、確かに私たちは親しかったわと言って千賀子は顔を上げた。彼女の顔から動揺は消えていた。消えたというよりも、押し静めたといった顔だった。

「けれども、蛭川さんが自殺するようなことはあり得ません。それだけは確信を持って言いきれますわ……でもあなたはおかしな人ね、一体あなたはなんのために、そんなことをしなければならないの。警察でも蛭川さんの死を落石による遭難としたのでしょう、それをわざわざあなたが……」

木塚健は千賀子の視線を斥けるように眼を閉じた。蛭川繁夫を焼く煙が真直ぐ立ち昇っていた。稀に見る静かな日だった。雲はずっと高く一面に張りつめていた。天気の変る前の一瞬の天候の沈滞であった。煙は細く長く延びたところで直角に折れて北に向かって流れていった。木塚健は茶毘の火を囲んでいる一群の人の中にいてひどく重苦しい反面、妙にさばさばとしたような空気が流れているのを感じていた。それは彼自身の心の表裏ではなく、確かに、茶毘の火を取り巻く一群の中に蛭川の結末を喜んでいるものがあるように感じられた。彼は一人一人の顔を見た。一人一人はことごとく悲痛な顔をしていた。煙となって消える蛭川繁夫と耐えがたい訣別をしている顔だった。

だが木塚はやっぱり、全体の空気の中に嘘を感じた。誰だか分らないが、これですんだと喜んでいる男の居ることはがまんがならなかった。

「千賀子さん、僕は蛭川さんとは一面識もない。しかし、僕がやらねば、蛭川さんはこのまま遭難死として、やがて忘れられていく」

「木塚さん、あなたはもし蛭川さんが、自殺をする理由がなかったならば、蛭川さんを殺したのは三人の中に居るのだと考えているのですね……それで動かぬ証拠でも握って警察へ知らせようというのですね」

「証拠はなにもない、蛭川さんを殺したという直接の証拠はなにも出ない、彼を殺したのは落石だ。三人のうちの誰かが、落石をおこす動作をしている写真でもないかぎり、どうにもならない……」

「分らないわ、わたしはあなたがなんのためにそんなことをしようとするのかわからない……」

「千賀子さん、あなたも登山家の中に伝わっている一つの伝説みたいなものをそのまま呑みこんでいるのです。登山家には悪者はいない、ことごとくが山を愛するように人も愛する。一度ザイルで結び合ったらいかなる場合でもザイルは切らない。あなたに限らず、誰でもそう考えているのです。山で遭難が起る。警官と医師が検死に来る。一応死体をあらためるが、それはただのお役目に過ぎない。犯罪はないという前提のもとにかかっているからだ。今までに山で遭難した人が何人あったでしょう、その死んだ男とパーティーを組んでいて、起訴されたという話を僕は聞いたことがない。僕はですね、千賀子さん、山の世界にも必ず犯罪は存在するような気がするんです」

木塚健はいささか早口で言った。自説をある程度強引に千賀子におしつけるような話しようだった。

「それは登山家の中にだって悪い人はいるでしょう、居ないと言うよりも居ると言った方が当っていると私は思います。でも今度の場合はもうすんでしまっている」

「いやすんではいません。殺したという証拠はおそらく見つからないでしょう、だから犯人という者は出ない。けれども、殺そうとしていたという者は探すことは出来る。殺そうとしていた証拠をひとつひとつ積み上げていって、最後にそれをその男の前に拡げて見せてやるのです。場合によっては公開してもいい。証拠不十分で釈放になっても、社会的には人殺しで通っている人も何人かはいる」

夏原千賀子はひどく冷たい表情であった。木塚健という血の気の多い山男の真意が摑み取れないという顔だった。

「私は帰ります。私が知っているかぎりは蛭川さんが自殺する理由はなにもありませんでした」

彼女はそこで言葉を止めて、失礼しますといって立ち上がった。

「もう一言だけあなたにお聞きしたいことがあります、京松弘さんとあなたの御関係は……」

彼女はそれには答えず店を出ていった。

6

蛭川繁夫の父蛭川清太郎は一見ツルを思わせる老人だった。

「蛭川さんの遭難現場に居合せた一人として、蛭川さんのことを山の雑誌に書こうと思いまして」

木塚健は蛭川繁夫の剣岳に出発する前のことについて老人に聞いた。

「山の雑誌に繁夫のことを……結構ですな、でも私は、亡くなった繁夫のことについてこれ以上とやかく書かれることは好ましくないのです。死んだ繁夫はあのまま、静かにして置いてやりたいというのが父としてのお願いです」

老人は木塚健と応接間に向かい合って坐った時から一種の警戒の念を抱いているようであった。なにを聞いても、はっきりした返事は得られなかった。お茶を運んで来た蛭川繁夫の兄嫁が、気の毒そうな眼を木塚に向けて出て行った。近くの空地で子供たちの野球をやっている声がきこえた。

木塚健は何物も得ず蛭川家の門を出た。日曜をつぶして、わざわざ蛭川家を訪問した自分自身がみじめに見えた。彼は角をまがったところの空地でちょっと足を止めて、子供の野球を見物していた。

「木塚さん、わざわざ来ていただいたのにすみませんでした。生憎と主人が留守中でして……」

蛭川繁夫の兄嫁が買物籠をさげて立っていた。

「父は電話を気にしているのです」

「電話？」

「はあ、陣馬さんから、あなたが来るかも知れないという電話がありました。父となにを話されたか分りませんが、それから父はひどく不機嫌になって……機嫌が悪くなると父は無口になるのです。この二、三日ほとんど口をききません」

ボールが足元にころがって来た。木塚はボールを拾って子供たちの方へ投げてやった。

「明日、主人は帰ります。主人からあなたに電話を掛けさせます。御用件は繁夫さんの遭難に関することですね」

木塚健は蛭川繁夫の兄の一郎を知っていた。急報を受けて直ぐ剣沢小屋までやって来て、てきぱき後始末をして行った。いかにも働きざかりの男といった感じだった。

木塚は蛭川繁夫の遺体が荼毘に付された日の夜、蛭川一郎と剣沢小屋の外でほんのちょっとだけ立話をしたことを思い出した。

「木塚さん、落着いたら一度あなたと繁夫のことについてお話がしたい」

「僕もあなたにお聞きしたいことがあるのです」

それだけの会話であった。それで二人の心は通じ合ったようだった。

「明日はきっと、主人がお電話をお掛けします」

蛭川一郎の妻はもう一度それを言ってから彼に背を向けた。

蛭川一郎と木塚健が会ったのは翌日の夕刻、ちょっとした料理店の二階だった。

「単なる事故死ではないと思っているのですね、あなたも……」

蛭川一郎は意外なことを言った。

「僕は昨夜おそく剣岳から帰って来たのです、池の谷左俣、三の窓上部の遭難現場を見に行って来たのです。驚いたでしょう、少々肥ったがまだ山へは登れますよ」

蛭川一郎はスケッチ図を前に置いてから、まず木塚健に当時の事情をくわしく尋ねた。

「私が剣尾根のドームの壁に取ついていた時でした……」

木塚は当時のことを順を追って話していった。

「要するに僕は蛭川さんは単なる遭難死ではないと思います」

木塚は、蛭川繁夫の死は落石によるものに間違いないが、その落石を起すきっかけを故意に作った疑いのある者として、京松弘、陣馬辰次、鈴島保太郎の三人の名を挙げた。

「三人だけでいいのかね、君」

蛭川一郎が木塚健をあなたと言わず君と言った時から、木塚は蛭川一郎が自分より一歩高いところから蛭川繁夫の遭難死について、積極的な調査を試みようとしている気持を察した。

「僕は三人だけだと思いますが」

木塚は蛭川一郎の顔の中に動くものを探るような眼をした。

「動機については君が考えていたとおり、いや、陣馬辰次が君に言ったとおりだと思う。事前の行動については、繁夫を剣に誘ったのは鈴島保太郎。陣馬辰次は繁夫が出発する前日に電話を掛けて来た。京松は繁夫が出発する二、三日前に来て、繁夫の部屋で、アイゼンかなんかをがちゃがちゃさせながら長いこと山の話をしてから帰っていった。多分繁夫の剣行きは知っていたに違いない。直後の行動については三人とも同じぐらい疑わしい。僕も昔は山登りをやった。山男に悪人は居ないというのが僕の持論だったから、弟の遭難についてそれほど深くは考えていなかった。しかし、陣馬辰次から、木塚健が行くから相手にするなという電話があってから、急に繁夫の遭難死について疑問を感じ始めたのです。木塚健、つまり君が正常の人間である以上、その男を相手にするなという陣馬は確かに臭い……」

蛭川一郎はビールをぐっと飲み乾してから、

「今のところでは、陣馬、京松、鈴島、寺林の四人の登攀者が一応臭いということになる」

と結論らしきものを言った。

「四人のうち寺林百平は？」

木塚は寺林百平がなぜ疑わしいのか分らなかった。

「これがスケッチ図だ。写真を撮して来たがまだ現像してない。この図を見てくれ、ドームからの落石の主流は京松弘の居たというあたりから始まっているが、よく見ると、僅(わず)かではあるが寺林百平のいたあたりにも落石の跡があった。この落石がその後に起ったものかどうかは、僕の写真と君の撮った写真を比較して見れば分る。君の写真はできているだろうね」

「とっくに出来ている筈(はず)です。フィルムは寺林百平にたのんで現像に出してある……」

「いつです、それは」

蛭川一郎の眼が光った。

「葬儀の日に大阪に出張したが、もう帰っている頃です。多分彼が持ってるでしょう」

「寺林百平氏のところに電話はないかね」

蛭川一郎はなにか大変重大なことにぶっつかったような顔をした。

電話を掛けると寺林百平はまだ大学の研究室にいた。

「写真は出来たろうね」

「写真？　君が取りに行ったろう」

「僕がいく筈がないじゃあないか、大体僕は君がどこの写真屋へ出したかも知らないんだぜ」

へんだなあと寺林百平は受話器を持ったまま考えているふうだった。

「直ぐ写真屋へ行く、君も来てくれないか」

二人は場所を打合せた。

寺林百平が現像に出した木塚健のフィルムは、寺林百平と称する男によって持ち去られていた。神田にあるその店は、しょっちゅう客の出入りがあった。いちいち客の顔は覚えておられなかった。

「現像と焼付けですね」

女店員が寺林百平に聞いた。

「いや現像だけたのんだんだ。フィルムは三本だった」

寺林百平はくちびるを突き出すようにして言った。

現像だけと言われて、女店員はちょっと頭に浮かんだ客のイメージを言った。

「はっきり覚えていませんが、確かそのお客様は現像の結果を見ずに、そのままポケットにおしまいになった方だと思います。私が焼付けはとお聞きしたから覚えております」

「どんな服装のひとでした」

　木塚健は女店員の顔を見つめて言った。

「ハンチングをかぶって派手な色のアロハシャツを着ておられました」

「陣馬辰次……」

　寺林百平が小さい声で言った。

「あの店に君が現像を頼んでいるのを知っているのは誰かね」

　店を出ると直ぐ木塚が寺林に聞いた。

「僕は君と京松さんの三人で一度あの店に立ち寄ったことがあるように覚えていた、だからさっきの電話で神田のあの店と言っただけで君には分ると思っていた。君でないとすれば誰だろうか……」

「写真を現像に出したのは蛭川繁夫の葬式の日だったな、帰りに誰かと一緒だったのか」

　それには答えず寺林百平は、

「これはひょっとすると蛭川繁夫の死が単なる落石遭難ではないということの端緒なのかも知れない。登山家には悪者は居ないという僕の考えを変更せざるを得ないとすれば……」

　寺林百平は立ち止って木塚の顔を覗(のぞ)きこんだ。

7

木塚健が、翌朝蛭川一郎の会社に電話を掛けると、蛭川はつっけんどんなくらいにあっさり言った。

「ああその件ですか、電話ではまずい、昼休みの時間に聞こう」

場所と時間を打合せて電話を切った。まるで、なにかに腹を立てているようだった。

木塚健は丸ノ内の官庁に勤めていた。そこから蛭川の会社までは、歩いても十五分で行けた。

「いや、今朝ほどは失礼した。あの件で電話を掛ける時は気をつけてくれ給え、他人に聞かれてはまずい。昨夜君と打合せたとおり、この件で、君と僕がつながっていることを第三者に知られてはまずいのだ」

前の晩の写真についての説明を木塚健が話すと、蛭川一郎は、懐中ノートを出して要点を書き込んだ。

「寺林百平が陣馬だろうと言ったのか、なるほど陣馬という男はハンチングをかぶっている。ひどく派手なアロハシャツも、よく着て歩く奴だ」

「しかし、おかしいじゃありませんか、陣馬辰次が写真を横取りしようというのなら、なぜ、そんな、人目につくような格好をして行ったんでしょう」

「裏の裏をかくということがある。陣馬辰次は人絹のマフラーみたいな男だが、抜け目のない男だ。要するに、犯人は君が葬式の日に寺林にフィルムを依頼したのを見ていて、寺林の跡を蹤（つ）けたに相違ない。葬式には、陣馬も、鈴島も京松も来ていた」

蛭川一郎はちょっと言葉を切ってから、

「それから木塚君、僕はまだ君に繁夫が自殺的行動に出る可能性があったという事実を話してなかったね……」

蛭川一郎は懐中ノートを繰って木塚の前に出した。

「千賀子さん、僕はおそれてはいない。恐怖の峰ジャヌーに挑戦しようとする僕が、剣岳チンネを恐れるはずがないでしょう。平凡な岩登りだ。僕が恐れているのは、僕自身が作りだそうとする死の誘惑だ。チンネの中央バンド上部の岩壁（フェイス）のC割れ目（クラック）あたりで、突然、死の誘惑に襲われたとしたら」

木塚健は蛭川一郎の顔を見つめて、千賀子、夏原千賀子と小さい声で言った。

「それは繁夫の山日記の一節だ。ひどく乱暴な字で書いてあった」

「失恋自殺か……まさかジャヌーへ出掛けようという男が、失恋で自殺を企てるとは考えられない。失恋したんだったら、前よりも勇敢に岩へ挑戦するのが山男だ。その少々おセンチな走り書きはたいして意味はない。山男というものは、よくそういったことを書き残したがる、遭難者の書き残したものの中には必ずといっていいほど死を暗示することばが出て来る。登山家の感傷なんだ。深い意味はない」

木塚健は蛭川繁夫の山日記を否定しながらも、夏原千賀子の顔を思い浮かべていた。小柄なピチピチした女。あの澄んだ眼を、真直ぐそそいだまま相手の顔からそらそうとしない癖は、男の心に誤解を招く眼だと思った。癖だと知っていても、千賀子の眼の矢を五分間もそそがれたならば心は動く。事実、木塚健は夏原千賀子になにかの理由をつけてもう一度会いたいと思っていた。

「感傷ではない。繁夫は今まで何度も山へ行った。一昨年の冬、奥穂で遭難しかけたことがあった。てっきりやられたと思った。その時の山日記にもそんなものは書いてない」

「するとあなたは、やっぱり蛭川繁夫さんが失恋……」

いや違うと蛭川一郎はずっと声を落して言った。

「夏原千賀子さんからの手紙は全部読んだ。どうやら夏原千賀子さんに思慕を寄せていた男は弟の繁夫と陣馬辰次と京松弘の三人だったらしい。千賀子さんとの交際はずっと続いている。一カ月ほど前に来た千賀子さんの手紙があった、それは……」

蛭川一郎はその内容については言いにくそうに、

「要するに大変甘いものだった。繁夫のプロポーズを受けたのだ。簡単に言えば――」

「すると原因は失恋ではない」

二人は外へ出た。頭から日がかんかん照りつけていた。

「蛭川さん、僕等はまるで刑事の真似事をやっているみたいですね」

「しようがない。警察では山の遭難死にはたいして興味を持たない、もっとも、僕がある程度の資料をそろえて、おそれながらとお届けに及べば腰を上げるかも知れないがね。登山家には悪人は居ない、というのが社会一般の通念だからね」

蛭川一郎はタクシーを止めて木塚健を先に乗せた。

「木塚君、山岳会って随分あるね、日本中で千、いや万もあるだろう。山岳会の名前には、山、岩、雪、風、雲、霧などがついているようだが、だんだん多くなって最近では、植物や動物の名前から取ったのもあるそうじゃないか、昔の軍艦の名前みたいなものだね。いよいよ名前がなくなったら、番号でもつけるか」

「いや番号の名前がありますよ、陣馬辰次の主宰する一二三山岳会がそうでしょう」

「なるほど案外近いところにあったな……」

蛭川一郎は自動車を木塚健の勤務している役所の前に停めて木塚健をおろすと、京橋と大きな声で運転手に命じた。

8

応接間のテーブルの上には食料品の見本がそのままになっていた。社長の熊野定彦は蛭川一郎を前にして、自社の製品の自慢を二十分もした後で、

「ところで蛭川君、なにか面倒の用かな、僕はいそがしいからなるべく簡単に話して貰おうか」

熊野定彦という男はどこかとぼけたところのある男だった。とぼけたように見せかけて、相手を煙に巻きながら商売には抜け目がなかった。

「ヒマラヤ行きの問題ですが」

蛭川一郎は微笑した。

「ヒマラヤのジャヌーだね、あの話は君の弟さんが亡くなってからも、話は進んでいる。蛭川繁夫君が剣岳で死んだことで、ヒマラヤのジャヌーという山の名前が相当に書かれた。はっきりいうと僕は、誰がヒマラヤに出掛けて行ったってかまわない。要するにスポンサーになっているうちの会社の名前さえ出ればいいんだ」

「すると、リーダーは鈴島保太郎ということにしていよいよやりますか」

「いや、鈴島保太郎はヒマラヤ行きを一応辞退した。彼を除いて、話を進めようとしているが適当なリーダーがいない。やはりやるとすれば鈴島保太郎だね。ところで昨日、陣馬辰次が来た。南米のヒリシャンカ行きの問題をまた持ち出した」

熊野定彦は坐ったままで、身体（からだ）をよじって、壁の世界地図をゆびさして、

「ヒマラヤもいいが、南米だってなかなかいい。宣伝効果という点では君、どっちがいいと思うかね、実は僕自身もそれで迷っているんだ。どうせ金を出すなら、出し甲斐（がい）のある方がいい、宣伝費としては相当多額だからね」

どのくらいの金を出すのかと蛭川一郎が聞いても熊野定彦は答えなかった。金の話になると熊野定彦は、人柄がかわったようにきつい顔になった。

「とにかく、登山家たちは貧乏人ばかりが揃っているからね。きのう、陣馬辰次が来た時、彼はアイゼンを持って来て、これだって自分のものじゃあない、借り物なんだ、これから返しに行く途中だと言うんだ」

「アイゼンをね」

「そうだ、四本爪（づめ）のアイゼンだ、たかが三、四百円そこそこの物でも、時によっては借用していくこともある。それほど登山家というものは貧乏人だと言いたいんだろう。

おかげで僕はアイゼンという物騒な格好のものに初めてお目にかかった。あのとがったツメのついている鉄のわらじを靴の底に、バンドで締めつけるやり方も、この応接間で実演して見せて貰った。蛭川君、山岳家というものは便利なものを発明するもんだな、あれを穿いて雪渓に立ったら、滑る心配はないだろう。しかし君、もっと簡単につける方法はないのかね、たとえばスキーを靴につけるようにさ……なに僕だってスキーぐらいはやるさ。冬山では手もかじかんでいるだろう、そんな時に、あのひもをこうぐるぐる廻すのはいかにもあたまが悪い方法だ」

「いや熊野さん、アイゼンはあれでなければいけないのです。ああいう方法が、もっとも、靴によくつくし、ひもも切れない」

「ほほう、あのひもでも切れることがあるのかね」

まず切れることはあり得ないと蛭川はアイゼンについて一応の講釈をしながら、弟の蛭川繁夫の残したひもの切れたアイゼンを思い出した。おそらく、落石にやられて転倒した時に切れたものだろう。

蛭川一郎の頭の中に弟の蛭川繁夫が池の谷左俣の急傾斜の雪渓上を落石を回避しようとして逃げまどう姿が浮かんだ。三方からなだれ落ちて来る落石の下を蛭川繁夫は逃げる。だがついに巨石が彼の腰を打つ、雪渓上を滑る、その繁夫の身体を目がけて、次から次と落石が襲う。落石が収まる。雪渓上にアイゼンの歯を三の窓に向けて死んでいる繁夫の身体の上を、山霧が通る。

それは、蛭川一郎が頭の中に描いた、彼の弟の死の瞬間の映像であった。映像の中の蛭川繁夫はちゃんとアイゼンを靴につけていた。

「蛭川君、そんな深刻な顔をしなくてもいい、なにも僕は南米のヒリシャンカ行きに金を出すことを決めたとは言ってはいない。勿論君にしてみれば、弟さんが行きたがっていたヒマラヤのジャヌー遠征を成功させたいだろう、考えておく。もともとこの話を一番最初に僕のところへ持ち込んだのは君だったからな」

蛭川一郎は立ち上がって熊野定彦の前で馬鹿丁寧なくらい深く頭を下げた。熊野のヒマラヤ行きに対する好意に対してではない。実のところ蛭川一郎は弟の繁夫が死んでからは、ヒマラヤ遠征については、たいして関心を持ってはいなかった。弟の繁夫の葬い合戦として、是非遠征を成功させたい、恐怖の山ジャヌーの山頂に弟の繁夫の骨の一つぶを置いて来て貰いたいなどという感傷は起らなかった。彼はそのことよりも、弟のアイゼンのひもが何故切れたかについての疑問に激しく動かされていた。

彼の学生時代の山歩きの経験から割り出された懐疑であった。

蛭川繁夫のX型四本爪のアイゼンは、新聞紙に包んだまま、繁夫の山道具の箱の中にあった。新聞紙を取除くと歯がぴかりと光った。なにか、そのまま蛭川一郎の胸につきささるような光を持っていた。

右足のアイゼンのひもが切れていた。ひもの切れ口を調べて見たが、石が当った形跡はなかった。彼はまず、左足の切れない方のアイゼンの紐(ひも)を取り外して両手で引張ってみたが、切れないから、一端を柱に固定して、力一杯引張ってみた。切れなかった。右足のアイゼンのひもは、手では切れなかったが、一端を固定して引張ると、ぷつっと切れた。引きちぎられたというふうではなく、或(あ)る程度以上の張力に対して抗しきれずに、二つに分離されたといった感じの切れ方だった。切れ口をよく調べたが、薬品でも加えたような変色はなかった。切れ口には麻糸の色がそのまま出ていた。

木塚健は蛭川家の応接間にかしこまって坐っていた。

「君の遭難現場の観察は完全ではなかった。おそらく君は繁夫の死の原因が落石とだけ考えていたからだろう。弟は落石から逃げようとした時、アイゼンのひもが切れて、雪渓を滑落した。そこへ落石が襲って来たのだ。死の直接原因は、アイゼンのひもの切断による滑落だ」

蛭川一郎は木塚健の見落しを叱責(しっせき)しながらも、新しい発見でいささか得意の表情をしていた。

「アイゼンのひも……」

木塚健はこの新しい事実に対して、どう解釈していいか頭の廻しようがなかった。

「つまり、誰かが、なにかの薬を蛭川繁夫のアイゼンのひもに塗ったというわけですね」

「そうだ、誰かが、なにかを塗った。なにを塗ったかは化学分析してみれば分る」

蛭川一郎はもはや犯人を眼の前に置いたようなものの言い方をしてから、木塚健にビールをすすめた。

「いや、僕は飲まない、今夜は飲みたくはない」

木塚健はアイゼンのひもの見落しを蛭川一郎に指摘されたことについて憤懣（ふんまん）にたえないという顔をしていた。木塚健は腕を組んだまま、アイゼンのひもを見詰めていた。

「やったのは京松弘だ。京松弘は製薬会社の研究室にいる。そういうことはお手のものだ、そういうことを考えつくのは京松弘以外には居ない……」

木塚健はテーブルの上のアイゼンのひもを取り上げて言った。

「化学の知識があるというだけで京松弘を疑うわけにはいかない……」

蛭川一郎の木塚健を見る顔には明らかに、君は少々軽率だぞというふうな色が浮かんでいた。

「いや僕は京松弘を疑う。京松弘は陣馬辰次に、四本爪のアイゼンを貸してやっている」

なるほど、それでと蛭川一郎は手に掛けたビールのコップを下に置いた。

「京松弘はなにかの薬をアイゼンのひもに塗りこんで陣馬辰次に貸してやった。夏原千賀子さんを中に挟んで京松弘と陣馬辰次はものすごく仲が悪い。京松弘が陣馬辰次を殺さないまでも、怪我ぐらいさせてやろうという気が起ったかも知れない。そのアイゼンのひもを陣馬が剣沢小屋で、こっそりすりかえたのだ。陣馬辰次という男はものすごくすばしこい男だから、京松弘の計略の裏をかくと同時に、それを逆用して、蛭川繁夫をおとしいれようとした」

木塚健はその推理が蛭川一郎の虚を衝くのは確実だと思った。蛭川一郎がなるほどとうなったら、その先を続けるつもりだった。

しかし蛭川一郎は木塚の説にはたいして感心するふうでもなく、

「違うね、京松弘が化学的な知識があればあるほど、自分の知識を武器にはしたくない筈だ。陣馬辰次がなぜ仲の悪い京松に、たった三百円で買える四本爪のアイゼンの借用を申し出たかということもおかしいが、アイゼンを陣馬に貸した京松が、なぜアイゼンの必要な剣沢に出掛けていったのだ……とにかく、アイゼンのひもをどういう方法で切ったかが問題だ、早速化学分析に出そう」

電話のベルが鳴った。静かな夜気をついてどきっとするような音だった。

蛭川一郎の妻が電話に出て、あなた、お電話ですよと一郎を呼んだ。

長い電話だった。

応接間に戻った蛭川一郎は、ポケットに手を突込んで木塚のまわりをぐるぐる歩きながら、

「木塚君、僕は私立探偵社に彼等の行動調査を依頼してあるんだ。電話はそこからだ。京松弘が不眠症になやまされていること、鈴島保太郎が神経衰弱にかかっているということと、写真紛失のアリバイの立つのは寺林百平一人だけだと分ったくらいなものだ」

蛭川一郎は不機嫌な顔だった。

「夏原千賀子についてはそのうち完全なデーターが出る。その前に、まずアイゼンのひもの切れた原因について調べねばなるまい……」

蛭川一郎は木塚を玄関に送り出しながら言った。

空は曇っていたが、遠くに雷雨があるのか、時々電光が雲のふちを染めていた。

9

土曜日の午後、木塚健と蛭川一郎は化学会社の研究室に赤池俊助を訪問した。

「蛭川君、僕は君から、アイゼンのひもの一件を頼まれた時は、おそらくこれは、君の思い過ぎだと考えていた。僕も昔は山登りをやった。山仲間には悪者は居ないというのが昔も今も変らない一つの鉄則だと考えていたが、結果はそうではなかった。蛭川君、アイゼンのひもには君の考えたとおりの作為があった」

赤池俊助はそうなった結果をむしろ悲しむような顔をした。

「するとやっぱり、なにか薬を塗ったんですね。一体なにを塗ったんです」

「なにを塗ったかは分らない」

「えっ！」

「分析してみたが、なにも検出できない。なにも出ないが、アイゼンのひもの繊維がひどくおかされていることは確かだ」

「一体どういうことなのです」

蛭川一郎は赤池俊助の顔を改めて見直した。

「このアイゼンのひものように植物の繊維で出来ているものを弱めるとしたら、普通考えられる方法としては強い酸かアルカリだが、分析した結果、両方とも出て来ない。すると酸でもアルカリでもない他の方法を使ったことになる――」

「他の薬品というと」

「例えば考えられる一つの方法として過酸化水素、つまりオキシフルがある――」

赤池俊助はテーブルの紙の上に鉛筆で、

$H_2O_2 = H_2O + O$

と書いて、

「過酸化水素は水(エッチツーオー)と酸素(オー)に分れる。ただしこの酸素(オー)は普通の状態の酸素(オー)ではなく、発生機の酸素、つまり、ものすごく活発に動作する状態の酸素である。この酸素が有機物をすみやかに酸化させる。だが、他の有機物を酸化させた後で、分析しても、この酸素(オー)が過酸化水素の中の酸素(オー)だか、空気中の酸素(オー)だか、アイゼンのひもの中にあった酸素(オー)だか、区別はつけがたい」

赤池俊助は紙の上から眼を離して、木塚健と蛭川一郎の顔を等分に較(くら)べた。

「オキシフルと言うと、あの消毒用のオキシフルですか、あれをアイゼンのヒモにかけただけですぐ切れる？……」

木塚健はちょっと解(げ)せない顔だった。

「その辺の薬局で売っているオキシフルは三パーセントの薄いものだ、あれをかける……そうだな、何回も同じところへかけて置くと或る期間を経過して、繊維はおかされる。女が脱毛によく使っている。しかしこのアイゼンのひもを切るのにオキシフルを使ったとしても、おそらく三パーセントの薄いものではあるまい」

「すると一〇〇パーセントのオキシフルを」

蛭川一郎がいくらか顎(あご)を突き出して言った。

「一〇〇パーセントなどというのはない。試薬規格として過酸化水素は二八パーセントだ、五〇〇グラムが一ポンドびんに入っている。化学実験をするところにはたいていある……」

赤池俊助は五〇〇グラム入りの過酸化水素のびんを持って来て二人の前に置いた。

「これをアイゼンのひもにかけたとすれば……」

木塚健はびんを持ち上げて赤池に聞いた。

「数日たてばひもは確実に切れる。生はんかな切れ方ではない、手で引張っただけでも簡単に切れる程度には切れる」

「ではやはり三パーセントのオキシフル……」

蛭川一郎が結論を求めるような言い方をした。

だが赤池俊助はそれには答えず、二人の顔から眼をそらして静かに言った。

「これ以上は想像だ。分析の結果とはなんの関係もない。しかし、アイゼンのひもの切れ方から判断して、僕は試薬規格の過酸化水素を一〇パーセントぐらいに薄めたものを使ったのではないかと思う。そういうことのできるひとは化学の常識のある人に限る——」

蛭川一郎と木塚健は思わず顔を見合せた。赤池は二人に向かって更につけ加えた。

「一〇パーセントのオキシフルをアイゼンのひもにかけたとしても、その効果の現われるのはしばらく後になる」

蛭川一郎と別れて木塚健は神田の書店へ廻った。木塚は山に関する新刊書の広告を見ると一応その内容を確かめることにしていた。読んでも読まなくても、買って来て、本棚に飾って置きたいのは、彼にかぎらず、山仲間の一種の見栄(みえ)でもあった。

彼の求めているのは、フランスの山岳小説の翻訳本であった。手に取って、二、三頁(ページ)読めば、買いたくなることは分っているが、手は出た。木塚が立読みを始めてから直ぐ、彼の傍から、白い手が本棚の同じ場所に延びた。数頁読んでから、彼は買おうかまいかを彼の財布と相談した。少々高いが買おうと決心した時、彼と並んで頁を繰っていた女が本を棚に返してから、彼の方へ顔を向けた。

「あ、夏原千賀子さん」

木塚健はその邂逅を偶然だと思いたくなかった。なにか、すばらしい機会を摑んだような気がした。木塚は本を買わなかった。そのかわり、夏原千賀子を付近の喫茶店に誘った。コーヒーが運ばれた時には、既に木塚の心の中には大変な冒険をやってみる気が起っていた。

(こういう風に真直ぐ人の眼を見ることの出来る千賀子が、蛭川繁夫を死にいたらしめるような企てに参加する筈がない)

彼の独断であった。蛭川一郎が千賀子の身辺調査を私立探偵に依頼したことなぞ、この美しい女性を冒瀆する以外のなにものでもないような気がした。

(この女にはある程度の真相を打ちあけても間違いがない)

木塚健は、こうすることによって、夏原千賀子と新しい交際の出来ることを、別に勘定に入れていた。いつかは、千賀子と共に山へ登りたい。向き合って坐って、直ぐ彼はこのような不逞な心を抱きつつある自分を叱った。

木塚健は女友達を持った経験がなかったから、女の扱い方について、多くは知らなかった。彼は蛭川繁夫の葬儀の後で、千賀子に会った時のようにすらすらものが言えなかった。

「木塚さん、あなたはまだ、蛭川繁夫さんの遭難について疑問をお持ちになっていらっしゃるのですか……」

木塚が求めている話題が千賀子の方から切り出されたことで、少々まごついた。

「新しい事実が浮き上がったのです」

彼は身体を前に乗り出して、声を低くして言った。彼女のための特別の好意で話でもしようという態度だった。

「といいますとなにか」

「あなたは誰にも言わないと約束して下さいますか、そして、蛭川繁夫の死を明らかにするために僕と協力して下さいますか」

言い方はむしろ滑稽（こっけい）なくらい奇抜だった。

千賀子の顔には動きはなかった。好奇の眼だけが木塚の顔に真直ぐそそがれていた。

「蛭川繁夫は落石で死んだのではないのです、アイゼンのひもが切れて滑落したのです。そこへ落石が起った」

千賀子の眼が一瞬大きく見開かれた。

「蛭川繁夫のアイゼンのひもになにか薬品が……例えばオキシフルのような薬品が塗ってあったのです、ひもを弱める薬品です……」

千賀子の顔は青ざめて行って、なにか大きな感動が彼女を支配し始めたようだった。

「つまり、蛭川繁夫に殺意を持った誰かが」

「……私は帰らせていただきます」

千賀子は突然席から立ち上がった。

二人が立ち上がると、隣の席で二人に背を向けて坐っていた寺林百平が立ち上がった。木塚は夏原千賀子を追うのに夢中で、寺林百平が傍にいることなどに、てんで気がついていないようだった。寺林百平は二人の尾行を始めた。

10

夏原千賀子は怒っているというよりも、突然心の中に起ったなにものかに強く動かされているようだった。木塚健がなにを言っても取り上げようとしなかった。二人は駿河台下(するがだいした)の十字路で別れた。

二人を尾行した寺林百平はちょっとためらったが、結局、駿河台の坂をひどく沈痛な顔をして登っていく、夏原千賀子の後を追った。

中央線の荻窪(おぎくぼ)の駅で下車してからの千賀子の歩き方はしっかりしていた。考え続けていたことに一応結論がついたという顔だった。千賀子は途中の煙草屋(たばこや)で道を訊(たず)ね、コンクリート三階建ての大きなアパートの門をくぐった。入口の管理人のところで京松弘の部屋を訊ねてから階段を登って行ったが、直ぐ降りて来た。京松は不在だった。

彼女は駅の前の公衆電話で電話をかけてから、腕時計を見た。これからどうしようかと考えているふうであった。彼女が駅の前の映画館に真直ぐ足を向けた時、寺林百平は、おそらく夏原千賀子は京松弘の帰るまで時間をつぶすつもりだなと推察した。

寺林百平は、彼女の後を追って、映画館に入った。

夏原千賀子は八時に映画館を出て、いくらか急ぎ足で、京松弘のアパートに向かった。十三分という短い時間を、寺林百平はアパートの前で待った。夏原千賀子はひどく取乱した格好でアパートを出ると、走っているといってもいい程の速さで駅の方へ向かった。なにものかに追われるか、なにものかから一秒も早く遠ざかろうとする努力に見えた。両側は住宅地で静かであった。千賀子は息が切れたのか、ちょっとして空地のところで立ち止った。そして、持っていた白い包を力一杯草むらの中へ投げこんだ。それからは前よりも速く、駅へ向かって走った。

寺林百平は草むらから白い包を拾い上げた。重かった。金属性のものをボール紙かなにかに包み、その上を新聞紙で包んであった。

八月の終りにしては涼し過ぎる日だった。

寺林百平は千賀子が草むらの中へ投げ捨てた四本爪のアイゼンを持って蛭川一郎の会社を訪ねた。二十三号と書いてある応接間に通されたまましばらく待たされた。蛭川一郎はテーブルの上の四本爪のアイゼンと寺林百平に交互に眼を配りながら、寺林の来訪の意味を解しかねる顔でしばらく立っていた。寺林百平はポケットから一枚の紙片を出して蛭川一郎の前に置いた。

「まずこれをお読み下さい」

寺林百平はそう言って煙草に火をつけた。

蛭川一郎は完全に虚を衝かれた感じだった。尾行報告書、見出しが大きく書いてあった。
一、八月三十日十五時四十八分、木塚と夏原千賀子、神田の喫茶店ロッテで会う。
一、十六時二分、木塚がアイゼンのひものことを話したことにより、夏原千賀子、突然立ち上がって喫茶店を出る。
寺林百平は箇条書きで土曜日の彼の尾行をくわしく書きとめておいた。

蛭川一郎が読み終って顔を上げるのを待ちかまえて、寺林百平は、

「僕が二人を尾行する理由はなにもない、偶然、二人が肩を並べて喫茶店へ入ったか

ら僕も入った。折を見て、二人に話しかけようと思ったのが、妙な結果になってしまった。おそらく僕自身も、あの写真の紛失以来、蛭川繁夫の遭難死について、少々疑惑を感じ始めていたのでしょう。とにかくこのデーターはこういうものを一番欲しがっているあなたに差し上げた方がいいと思って持って来たまでです」

「僕が何故こういうものが必要だとお思いになるのですか」

「僕は知っています、僕にかぎらず陣馬辰次も、京松弘も、鈴島保太郎も、あなたが彼等の身辺調査を私立探偵に依頼していることを知っているでしょう。彼等ばかりではない、僕のところへも差し向けているらしい。いや結構です。どうぞお調べ下さい。だがあなたの刑事役の木塚健という男はまずい、あいつは、本来あたまが悪い上に軽率な奴だ。あいつの取得といったら岩登りのトップをやるくらいのものだ」

寺林百平は、いうだけのことをさっさというと席を立ち上がりかけた。

「ちょっとまって下さい、あなたは僕に対して今後とも協力して下さるという前提で……」

「いや違います」

寺林百平は蛭川一郎の鼻先を押えるように言った。

「はっきり言って置きましょう、土曜日の尾行は僕の全くの気まぐれです。だが、この結果が、あなたの調べている問題に相当重大な影響を及ぼすだろうと思って持って来たのです。結果的には協力したことになるかも知れないが、協力しようとしてやったことではない」

寺林百平は大股でドアーのところまで行ってから、ちょっと立ち止って言った。

「蛭川さん、木塚のフィルムを盗んだ奴が、あなたの探している男です。僕はあの写真屋の女店員に、京松弘、陣馬辰次、鈴島保太郎の三人の写真を見せた。女のゆびの先が、鈴島保太郎の写真の方にちょっと動いた。その男ですかと聞くと、彼女は首を傾げて考えこんでしまった。要するに彼女はその男の顔をはっきり覚えてはいなかった……」

蛭川一郎は腕時計を見た。十一時半だった。

「寺林さん、もう三十分お待ちになって下さいませんか、御一緒に食事でも……」

しかし寺林百平はそれに答えず、

「まだなにか気がついたことがあったら、お知らせに来ましょう」

寺林百平が帰った後で、蛭川一郎は木塚健に直ぐ電話を掛けて、

「寺林百平が来た。あの男について知っていることを全部言ってみてくれないか」

蛭川一郎は寺林百平について、より以上のことを知りたかった。なにかこの男が、

蛭川繁夫の死のかげで嘲笑（ちょうしょう）している男のように思えた。

「寺林百平ですか、あいつは大学の研究室で放射線のことを研究している筈です。年齢は二十九歳、独身……」

「そんなことは全部調べがついている。あの男の癖とか性質のようなことで」

そうですねと木塚健は受話器を持って考えているふうであったが、

「寺林はすばらしくあたまがいい。自分があたまがいいから、人のあたまが悪く見えるらしく、他人のことをあいつはあたまが悪いとかげ口をたたく癖がある。なに、単なる学者の卵ですよ。あいつの出来ることと言ったら、せいぜい岩登りの二番をやるくらいのことです」

寺林がどうかしましたかと聞いたが、それには答えず、電話を切った。寺林百平にしても、木塚健にしても、人間の価値を岩登りの順位で決めるあたりが面白かった。

蛭川一郎は自宅に電話をかけて、妻の正子に夏原千賀子を、死んだ弟の遺品を差上げたいから今夜来ていただきたいと呼ぶようにいいつけた。

11

夏原千賀子は蛭川一郎に向けている眼を膝（ひざ）の上に落した。彼女は一度落した眼を二度と上げることが出来なかった。その時既に千賀子は敗北を意識していた。

「あなたの個人の問題について私はお訊ねしようとしているのではないのです。私はあなたに、アイゼンのひもとオキシフルの関係について知っておられることをお聞かせ下さいとお願いしているのです……あなたがこの秘密を知っている……私はこの考えを飛躍した考えだと思ってはおりません」

テーブルの上には、切れたひものついた蛭川繁夫のX型アイゼンと、彼女が草むらの中に捨てた京松弘の固定型アイゼンが並べてあった。いずれも四本爪のアイゼンだった。

「お話ししますわ、そうすることが蛭川繁夫さんの供養(くよう)になることでしたら、でも……」

彼女は顔を上げたが、そこに待ちかまえている蛭川一郎の眼に合うと、すくんだようにまた首を垂れた。

七月の北アルプス行きの事が頭に浮かんだ。

（あの夜は月が出ていた。あの夜にもし月さえ出ていなかったら、わたしの人生は変っていたにちがいない）

北アルプス行きに夏原千賀子を誘ったのは、京松弘と鈴島保太郎の二人だった。陣馬辰次は初めこの計画を知らなかった。陣馬辰次は彼女のところへ南アルプス行きの計画を持って来て、初めてこの計画を知ったのである。陣馬辰次は京松弘と鈴島保太郎が、彼を出し抜いて、夏原千賀子を北アルプスに連れていくことに大いに不服のようだった。陣馬辰次は三人のパーティーに強引に割り込んだ。

四人は徳沢園の新館の方へは泊れず、旧館の二階の一室をあてがわれた。

翌日は奥又白のA沢雪渓を前穂に登ろうというのが四人の計画であった。

旅館の下のキャンプ場にはテントの部落が出来ていた。夜おそくまで歌声が聞えていた。どこから木を持って来たのか、キャンプ・ファイヤーが見えた。旅館の消灯は九時だったが、静かになったのは十二時を過ぎてからであった。

夏原千賀子は眠れないままに宿の下を流れる川の音を聞いていた。川の音が音として感じられなくなってから、誰かが、じっと自分の寝顔を覗きこんでいるような感じが彼女の眠りをさまたげた。窓からさしこむ月の光が彼女の顔を照らしていた。

男達三人はよく眠っているようだった。彼女は宿の下駄を穿いて外に出て、本館の前のベンチに腰をおろして月の光を浴びた。

「あなたも眠れないんですね」

いつの間にか部屋から出て来た京松弘が、話しかけて来た。

「たまにはこういうことがある。こんな場合は気晴しに歩くに限る」

そして京松弘はお花畑の方へおりて行こうとしたが、引返して来て千賀子に言った。

「新村橋まで行ってみませんか、梓川の河原が月に輝いてすばらしいですよ、十分かせいぜい十五分……」

京松弘は千賀子を誘ったが、それはほんの御愛想で彼女が同行することは期待していないようだった。彼は千賀子をそのままにして、旅館の前の橋を渡った。うしろは振り向かなかった。

月の光を浴びて歩いていく、京松弘の前に黒い森がひかえていた。黒い森の向うの梓川の白い流れが彼女を呼んでいるような気がした。黒い森に吸いこまれていく京松の影は彼女を牽いた。

千賀子は京松弘の後を追った。

徳沢の森の中へ入ると月の光がまだらに道を照らしていた。おそるべき静寂さだった。固定した壁のように空気の動きはなかった。

橋の上に二人は並んで立ってしばらく川の流れを見ていた。千賀子には美しいという感じが起きなかった。なにを言ってもほとんど返事をしない京松弘と一緒にいることが、なんとなく彼女を不安にさせた。彼女は、徳沢園の二階で彼女が眠りかけた時、彼女の顔を覗きこんでいたのが京松弘だったような気がした。寝床は隣り合っていた。

「わたし、帰る」

彼女は寒気を覚えた。川にそって、ごく僅かに風があった。

徳沢の森の中ほどまで来た時、千賀子の下駄の緒が切れた。京松は自分の下駄を彼女にはかせて、切れた片方を森の中に投げた。そして数歩も歩かないうちに、もう片方の下駄も捨てると、はだしで先に立っていった。月が山にかくれると、森は真暗だった。彼女はさっさと先に行ってしまいそうになる京松に、怖いと言った。暗闇の恐怖よりも、京松に置き去りにされそうな恐怖だった。わたしこわいのよ、彼女は追いつくと、京松の手を取った。京松が足を止めた。京松と並ぶと、京松の息遣いが感じられた。彼女は本能的な危険を感じたが、一度握った彼女の手を京松は放さなかった。突然京松は彼女を抱いて唇を求めようとした。彼女はそれを拒絶し、執拗に求める京松に対して彼女はさからった。千賀子の手が京松の頰を打ったことが、京松弘を野獣にした。千賀子の抵抗は森の下草の露と共に消えた。

天候は夜半を過ぎて急変した。翌朝は朝から雨だった。晴であっても千賀子は起きるつもりはなかったが、雨だから幸いであった。彼女はフトンをかぶったまま、京松に対する激しいうらみで燃えていた。

「その朝は雨でした。私は寝床に入ったまま、男達の話声を聞いておりました」

千賀子は蛭川一郎の顔を見て話し出した。話し出すと、よどみがなかった。蛭川一郎の顔に真直ぐ向けた視線をそらさなかった。

「京松さんと鈴島さんが山道具の手入れをしているそばで、陣馬さんが、古釘に引っかけた手の疵をオキシフルで消毒していました。その時京松さんが、おい陣馬、オキシフルのびんの栓はきちんとしておけ、それがアイゼンのひもにこぼれるとひもは切れる、と言いました」

「オキシフルは誰が山へ持って行ったんですか」

蛭川一郎が聞いた。

「京松さんです。京松さんは、救急箱を持っていました。オキシフルはなにかのあきびんにオキシフルと書いた白い紙を貼りつけて入れてありました」

十時頃から雨は小降りになった。男達三人が、このまま宿にいてもつまらないから、大滝山へ行ってこようじゃあないかという相談がまとまりかけた頃、彼女は起き上がって顔を洗った。

「私は京松さんをある理由で、ひどく憎んでいました。三人が部屋を出ると直ぐ私は、京松さんの荷物の中から四本爪のアイゼンを引張り出して、そのひもに救急箱の中のオキシフルをふりかけてやったのです。奥又白のA沢雪渓で、アイゼンのひもが切れて彼に怪我でもさせてやりたかったのです。寝床の中で私はそのことを考えていたのです」

千賀子は言葉を切った。当時の激しい怒りを思い出したのか顔が上気していた。

「なにかの理由であなたは京松弘を憎んでいた……」

蛭川一郎は千賀子の顔から、そのなにかの理由でも嗅(か)ぎだしたいような眼付をしたが、

「いや、それはあなただけの問題だ。聞く必要はない。それよりも、あなたが京松弘のアイゼンのひもにオキシフルをかけているのを誰か見ていたものはありませんでしたか、三人のうち誰かが引返して来たとか……」

さあといったような顔で千賀子は考えていたが、

「私は廊下を背にしていました、部屋の戸がきちんとしまっていたかどうか覚えてはおりませんが……」

そして千賀子はあっというような声を上げた。

「陣馬さんが引返して来て、窓の下で、パイプ煙草の箱を抛(ほう)ってくれといいました」

「間違っていたら訂正して下さいよ、千賀子さん」

蛭川一郎はそう前置きしてから彼の推理を要約した。

「あなたは京松のアイゼンのひもにオキシフルをかけたが、ひもは切れなかった。オキシフルはかけても直ぐに反応は現われないのだ。私の弟の繁夫が池の谷の左俣でアイゼンのひもが切れて死んだ。その原因がオキシフルをかけたものらしいということを、木塚健から聞いたあなたは、急にあなたのしたことに不安を感じた。あなたは京松のアイゼンにオキシフルをかけている。そのアイゼンを穿いた京松が怪我ではなく本当に死んだらあなたは人殺しになる。あなたは良心の苛責(かしゃく)に堪えられなくなった。あなたは考えた末、京松のところにアイゼンを借用に行った。多分どこかの山へ行くんだと嘘(うそ)を言ったのでしょう。目的はアイゼンのひもをつけかえる積りでね……しかし、あなたはなにかわけがあって彼と喧嘩(けんか)をして、アイゼンはひもをつけたまま草むらに捨てたのです。このアイゼンです」

蛭川一郎は四本爪のアイゼンをゆびさして言った。

「そのとおりです。蛭川さんはおそろしいようになにもかも見通していらっしゃる」

そう口で言ったものの、千賀子は蛭川一郎は京松と自分の関係にはまだ気がついていないのだと、いくらか軽い気持になった。

彼女を徳沢の森で奪った京松弘に対する千賀子の憎悪（ぞうお）は日が経過しても少しも薄らいでいくものではなかった。むしろ憎悪は以前よりも激しかった。それにもかかわらず、木塚健からオキシフルの一件を聞くと、彼女は京松弘のアイゼンのひものことが気になった。彼女を奪った京松の行為は死に値すると考えてすこしも矛盾を感じなかった。だが彼女が、彼女の手によって直接彼を殺すことになるかも知れないと分ると、その罪に対して恐怖した。京松は殺してやりたい男だが、彼女自身殺人者になりたくなかった。彼女は午後八時に京松弘のアパートを訪れた。京松弘は千賀子の来訪を勝手に解釈した。四本爪のアイゼンを借用するためにわざわざ、独身の男の部屋を千賀子が訪れる筈（はず）はないと思った。

京松は再度の機会をつかまえようとした。彼女は許さなかった。彼女は大声を上げて叫び、京松の手から逃れてアパートの階段を駆けおりた。手にアイゼンの包を持っていることに気がついたのはいい加減走ってからであった。

千賀子は再度の屈辱をアイゼンと共に草むらの中に捨てた。京松弘との関係はこれで一切が終ったのだと考えた。

「千賀子さん、あなたがオキシフルをかけた時のアイゼンはこのアイゼンだが、その時のひもは死んだ弟の繁夫のアイゼンについていたのです」

蛭川一郎は、こう言った場合、夏原千賀子がどういう顔をするかは、前から想像していた。おそらく彼女は眼を廻しそうに驚くだろうと思っていた。

しかし千賀子にはそのこみ入り方がすぐにはぴんとこなかった。彼女は不審の眼で、二つのアイゼンと蛭川一郎の顔を見較べていた。

「説明しましょう、そのわけを。八月の剣岳へ陣馬辰次は京松弘のアイゼン、つまり、あなたがオキシフルをひもにかけてあるアイゼンを借りて持っていったのです。それがいつの間にか弟の繁夫のアイゼンのひもと取りかえられたのです」

「すると私が蛭川繁夫さんを……」

千賀子の唇がふるえた。眼を瞠（みは）ったままで顔から血が引いて行った。

12

よごれた白鳥が置物のように、皇居のお濠（ほり）の水の上に浮かんでいた。

「おい寺林、君は僕のことをあたまが悪い奴だと蛭川一郎に言ったそうだな」

「言ったよ、君はあたまが悪いから官庁勤めなんかに満足しておられるんだ、あたまがよかったら会社へ行く」

寺林百平はしゃあしゃあとした顔をして、

「もっとも、役人のあたまの悪さは一般的なものだ、日本の頭脳を司(つかさど)る役人があたまが悪いから、日本全体は血の巡りが悪くなる。ところで木塚、蛭川繁夫殺人事件の犯人は誰だと思う、君も蛭川一郎と同じように陣馬辰次と考えているのか」

寺林は足を止めた。二人は並んでお濠に眼をやった。

「九〇パーセント陣馬辰次が臭(くさ)い」

「陣馬辰次がね。それほど自信があるなら、証拠をそろえて、訴えたらどうだ、ここから歩いて、三分のところに警視庁があるぞ……それ見ろ、君にしても蛭川一郎にしても口ではそういうが、思うだけで確信がないだろう。犯人は陣馬辰次ではない」

「なぜそういいきれる」

「僕の直感だ。あの薄っぺらな人絹(じんけん)のマフラー氏に、こみ入った殺人計画など立てられる筈がない。京松弘でもない。彼はアイゼンの紐のすりかえの場に居なかった。すると犯人は鈴島保太郎ということになる。蛭川繁夫の自殺説は全然意味がない、自殺するならもっと簡単な方法がいくらでもある。仕掛けはいらない」

寺林百平は街路樹の柳の葉をむしり取ると、両手で細かくひきちぎりながら言った。

「鈴島保太郎は寡黙(かもく)実行型の山男だ。彼について、今まで調べたところによると、彼はあらゆる点で紳士だ。現場に居合せたという以外になに一つ不審な点はない。ヒマラヤのジャヌー行きの問題にしても、彼は自ら参加を辞退している」

　木塚健は蛭川繁夫の死の直後における鈴島保太郎の挙動について知っていた。鈴島保太郎は蛭川繁夫の死の責任を一身に引受けようとしていた。作為ではなく彼の心底からほとばしる、友人の死に対する悲しみに見えた。名優でもあの場で、あれだけの演出はできない。木塚健は彼の直感で、鈴島保太郎を白と見ようとしていた。

「なにか証拠でもあるのか」

　木塚健は寺林百平の出方がいちいち癪（しゃく）に障（さわ）った。蛭川一郎と木塚健が密（ひそ）かに進めて来た捜査を横から茶化して喜んでいる男に見えた。

「証拠らしきものはある」

　寺林百平は内ポケットに手を入れて、一葉の写真を取り出した。岩登りのルート図であった。

「剣岳のチンネだな」

　木塚は寺林の顔を見た。

「そうだ、チンネの登攀（とうはん）ルート図だ。君も知っているように鈴島保太郎は剣の岩壁についてくわしい。この写真は彼が持っていたルート図を借りて写真に写したものだ。あれ以来僕は、鈴島保太郎と親しく交際しているから、そういう我儘（わがまま）も言えたのだ……木塚、よくその図を見ろ、C割れ目だ」

チンネの岩壁の登攀ルートをくわしく書き込んだ図であった。もう少しでチンネの峰に達する直下のC割れ目に、はっきりはしないが、×が印されていた。

「その×をなんだと思う」

「なんだと思うって、唯の×だ」

「なぜC割れ目に×がつけてあるかと聞いているのだ」

寺林百平の追及は急であった。木塚は写真を手にしたまま、答につまった。

「その×が加害予定の場所だったのだ、その場所で、鈴島保太郎は蛭川繁夫を殺そうと考えていたのだ。殺せなかった場合は落石でやろうとした。アイゼンのひもをすりかえたのは偶然のチャンスを拾って、念には念を入れたのだ。鈴島保太郎は徳沢園で、夏原千賀子がオキシフルをアイゼンのひもにかけたのを見ていたに違いない。旅館の窓の下へ顔を出した陣馬辰次はなにも知らなかった……」

「考えが飛躍し過ぎはしないか、寺林。×は注意しろという意味だったかも知れない、C割れ目は最も危険な場所だ」

「いや考えは決して飛躍してはいない。鈴島保太郎のルート図の中に×マークが鉛筆で書き込んであったのはC割れ目一カ所だ。注意を要するところは○か△がつけてある」

　木塚健は蛭川繁夫の死体に頭を垂れたまま突立っていた鈴島保太郎の姿を想起した。あの男が、それほど綿密な計画をたてた悪党であろうか。一体彼はC割れ目でなにをやろうとしたのか。木塚の脳裏に焼付いていた鈴島保太郎が前かがみになった。彼のズボンの脇ポケットに、登山用ナイフの柄が見えた。ズボンの脇ポケットは登攀用のハンマーを入れるために、わざと細長く作ってあった。通常そこには、ハンマーが入れてあってもよい筈なのに、ナイフがあった。

　岩登りにナイフは不必要だとは言いきれないが、ナイフのあり場所が僅かに木塚の疑問を刺激した。蛭川繁夫の日記の一節が浮かび上がった。

（……僕自身が作りだそうとする死の誘惑だ。チンネの中央バンド上部の岩壁のC割れ目あたりで、突然死の誘惑に襲われたとしたら……）

　木塚健は冷たい水を浴びた気持だった。

「どうした木塚、なにか思い当ることでもあったのか」

　寺林百平が木塚の顔を覗きこんで聞いた。いや、と木塚は首を振って腕時計を見た。

「もう一時だ、役所へ帰らねばならない」

　木塚は寺林百平にちょっと右手を上げて挨拶してから濠端をさっさと歩き出した。

お濠の上の置物だった白鳥が動き出した。波紋は白鳥の足元から拡がっていく。木塚健は寺林百平の投げた疑問をそのまま受けとめてポケットに入れた。

13

蛭川一郎は手に懐中ノートを持ったまま庭の芙蓉の花を見つめたきり一時間あまりも考えこんでいた。弟の繁夫の遭難死に対するひそかな調査の結果は最後の段階にいたって膠着した。彼は芙蓉の花から眼を放し懐中ノートを出した。

京松弘と寺林百平は一応圏外に去った。陣馬辰次と鈴島保太郎の二人のうち容疑は鈴島保太郎の方が多い。彼は蛭川繁夫の日記を盗み読んで、蛭川繁夫の自殺と見せかけるためにC割れ目でザイルを切ろうとたくらみ、それが出来なかった場合、アイゼンのひもの切断による滑落死か落石による遭難死を計画した。

推理はそこで止った。

鈴島保太郎が蛭川繁夫を殺す動機が不明だった。ヒマラヤの恐怖の山ジャヌーのリーダーになるために、十年来の山の友達を殺す理由がどこにあるだろうか、考えられないことであった。

蛭川一郎は彼の考えが、木塚健の考えより一歩も出ていないことに思い至って苦笑した。彼は弟の死後一カ月間、この問題に傾倒していた。私立探偵を使って、彼等の身辺を調査したり、事件の当時剣沢小屋に居合せた登山者の名簿を追って、陣馬辰次、鈴島保太郎、蛭川繁夫の当時の模様について調査した。それらの労力と費用によって得られたものは、その懐中ノートに記されたほんの数行のことに過ぎなかった。

疑わしいという範囲を出るものはなかった。これまでのデーターを揃えて、司直に陣馬辰次と鈴島保太郎を訴えたところで、証拠不十分でうやむやになるだけである。物笑いの種にされるのが関の山だ。

蛭川一郎は懐中ノートをしまって、再び庭の芙蓉の花を見つめた。白い花が一群になって咲いていた。弟の繁夫が数年前に植えたものが今では庭の二分の一は占めていた。

おや、蛭川一郎は芙蓉の一群の中に一輪だけ赤い花が混っているのを発見して声を上げた。チューリップの花のように赤かった。他のなんかの花がまぎれこんだのかどうかと、背を延して確かめたが、間違いなく芙蓉の枝に咲いた花だった。

彼は植物学の知識はなかったが、突然変異ということばを知っていた。五年間も白い花しか咲いたことのない芙蓉の中から、まるで血のように赤い花の咲くこともあり得る。

〈登山家というものは例外なく善人である〉

それは弟の口癖であった。蛭川繁夫に言わせると、登山家は全部一様に白い芙蓉の花であった。

しかし、四十九日をひかえて、白い芙蓉の中に真紅の花が咲いた。それはあたかも弟の繁夫が自説をひるがえして、兄の一郎に、登山家の中にも悪人がいるということを強く示唆（しさ）しているようであった。

玄関のベルが鳴った。

「お客様です」

妻の正子は、日曜日のお客様は迷惑千万ですよといった顔つきで言った。寺林百平、木塚健、陣馬辰次、鈴島保太郎、京松弘の五人だった。

「蛭川さん、僕等五人は……」

口をきいたのは陣馬辰次だった。僕等五人はと言ったときに、彼の両脇にいる四人に交互に眼を配った。俺が代表して話をするぞという顔だった。

「僕等五人は蛭川繁夫君の四十九日に、剣に行こうと思っています。山が好きだった蛭川君のことだから、坊主（ぼうず）のお経より、僕等が現場に行ってやった方が、供養になると考えたのです。僕等は、あの日、蛭川と鈴島が歩いたコースをもう一度やろうと思っています」

「それはどうも、さぞ弟も喜んでくれるでしょう、弟はチンネが好きだった。ぜひチンネに登って来て下さい」

蛭川一郎は視角一杯に五人の表情をとらえた。鈴島保太郎はゆっくり一つ瞬き(まばた)をしただけだった。京松弘は無表情。寺林百平は微笑を浮かべていた。木塚健は怒ったような顔。陣馬辰次は身体(からだ)を前に乗り出すようにして、

「チンネですか、やりましょう、この五人のパーティーなら文句はない」

「岩登りに五人は多すぎる、二つのパーティーを組むとして、どっちかのザイルのトップは僕がやるぜ」

木塚健が言った。

「君がトップか」

陣馬はちょっとばかり木塚の宣言に不服のようであった。

「五人のうちで、僕が一番若くて身軽だ、トップでなければ僕はいやだ」

「たいした自信だな。まあいい、トップは君に譲ろう、まるで君にリーダーを横取りされたようだな」

鈴島保太郎は、その時になって初めて蛭川一郎に向かって口を利(き)いた。

「チンネを登ってから池の谷左俣を下ります。剣尾根登攀はやりません、あの時と今では大分日が短くなったので……」

そういう鈴島保太郎の顔を一抹の暗いかげが刷いて通っていた。

「弟の繁夫のことでは色々皆さんに御迷惑をおかけしました。あれから四十九日、早いものですね……今度の計画は鈴島さんが発案なさって……」

「いや僕ではない。蛭川繁夫の葬い合戦をやろうといいだしたのは陣馬君です。が、僕自身も近いうちにもう一度あそこには行こうと考えていました、陣馬と僕が三人を誘って賛成を得たのです」

鈴島保太郎は、そう言って眼を伏せた。

五人が立ち去るのを玄関まで見送ってからの蛭川一郎の顔からは、前の憂鬱な表情は消えていた。

「トップでなければ僕は厭ですか、木塚め、俺を出し抜いて、あの四人のふところに飛び込むつもりらしい……だが危ない、彼は若過ぎる」

彼は玄関に立ったままで考えていたが、突然、すばらしい計画を思いついたように、正子を呼んだ。

「俺も剣に出掛けるぞ」

「あのひとたちと御一緒に?」

「ちがう、俺は夏原千賀子と二人で行く」

正子は夫が本気でそんなことを言っているかどうかを探るような眼を向けた。

「千賀子さんと二人だけで?」

「やけるのか」

「心配だわ」

蛭川一郎は突然、大声をあげて笑い出した。弟の繁夫が死んで以来初めて妻の正子に見せる明るい顔だった。

蛭川一郎はあわただしく外出の支度にかかった。

「どちらへ」

「寺林百平のところへ行く。木塚健とも打合せて置かねばなるまい。夏原千賀子には明日会う」

蛭川一郎はそこで言葉を切って、恐ろしいほどきつい眼で正子を見詰めて言った。

「いいか、俺の剣行きは絶対に秘密だぞ、木塚と寺林と夏原以外は誰に知られてもまずいことになる」

彼は賭(か)けていた。賭けに負けたら、繁夫の遭難死の調査は一切あきらめようと思っていた。

14

九月の山は八月ほどの賑(にぎわい)はなかったが、剣岳三の窓鞍部(コル)東側のテント場には三つ四つのテントが張ってあった。その一つに蛭川一郎、寺林百平、夏原千賀子の三名が居た。

朝霧の中を寺林百平を先頭とする三名はジャンダルムに向かった。草付きの岩場を登りつめると、そこに冷たい岩壁が三人を待っている。八時。霧はまだ晴れていなかったが動きはあった。

「やろうぜ」

寺林百平がザイルを肩からおろした。トップが寺林百平、中間(ミッテル)が夏原千賀子、ラストは蛭川一郎の順序だった。

「大丈夫かな、蛭川さん」

ザイルを身体に結ぶ前に寺林百平が蛭川一郎に言った。

「大丈夫だ、まだまだこのぐらいの岩なら……」

彼は岩を叩(たた)いて言った。

「そうですか、じゃあ、このチムニー（煙突を縦に切ったような岩の裂け目）を登ってみて下さい」

寺林百平は岩壁の右端に直上するチムニーをゆびさして言った。蛭川一郎はその侮辱に耐えた。彼は二十年前の経験を頭に浮かべていた。こんな若造にという気概があった。しかし、彼がビブラム靴の第一歩を岩にかけた時から、彼はこの岩登りが容易でないことを知った。両手、両足の四点のうち三点を固定し、一点だけを移動するという理論は知っていたが、両手の手掛り（ホールド）をきめて、片足を持ち上げようとする動作がうまくいかなかった。眼で予定した足場（スタンス）まで足が伸びなかった。やっとのことで片足を持ち上げても、同じような難場がその上にあった。岩に貼りついてはいけないという、岩登りの原則は、二、三歩の移動のうちに忘れていた。ビブラム靴が滑った。危うく彼は身を支えた。

「全然だめだ。あなたを引張り上げていたら日が暮れてしまう」

寺林百平は蛭川一郎を捨てた。寺林百平は夏原千賀子とアンザイレン（ザイルで二人の身体を結び合う）してから、

「あなたなら、引張り上げたところでたいしたことはない、……おそらくあなたにはその必要もないでしょうが」

寺林百平は、ひょいひょいといった感じで岩を登り出した。霧の中に姿が見えなくなっても、ザイルは動いていた。ザイルの動きが止った。ようし登ってこいと千賀子を呼ぶ声がした。夏原千賀子は岩に取りついて二、三メートル動く間だけ、真下から見上げている蛭川一郎を意識したようだったが、すぐ彼女自身の岩登りのペースに入った。馴(な)れた動作だった。たいして岩をおそれるふうもなく、寺林百平に追従していった。二人の姿が霧の中に消えてから、蛭川一郎は四十三歳の年齢を考えた。

霧は動いていたがなかなか晴れようとはしなかった。だが、蛭川一郎の感じでは、霧は単なる朝霧で、やがて晴れるだろうという期待を持っていた。昨夜、携帯ラジオで聞いた天気予報でも、天気は二、三日はまだ続きそうであった。

彼は多くのことを同時に心配していた。

木塚健と打合せたとおりに、彼等の一行が、昨夜、剣沢小屋へ泊って、今朝六時に出発し、剣沢の雪渓を下り、二俣から三の窓雪渓を目ざして登って来て、予定通り、九時半にチンネ正面岩壁の攻撃を開始するかどうか、彼等が岩に取りついてから霧が晴れるかどうか、この二つのタイミングが合わないかぎり、蛭川一郎の賭けは勝ちそうにもなかった。

彼はこの博打(ばくち)を打つために、寺林百平を五人のパーティーから脱落させ、別に夏原千賀子を誘って、四人とは別のコース、宇奈月から池の平小屋をへて三の窓鞍部にテントを張った。二人がもし陣馬辰次か鈴島保太郎に内通したとすれば一切の計画は駄目になる。寺林百平と夏原千賀子を信じたことも一種の賭けであった。

霧の中で岩釘を打つ音がした。寺林百平のようし来いの声や、行くわよと答える千賀子の声が霧をふるわせた。

蛭川一郎は岩の上に腰をおろした。彼のすることはただ待つことしかない。九時。彼の腕時計の針が光った。ついで時計のガラスの面からの反射光線が、彼の顔を射た。霧が晴れるぞ。彼は立ち上がって岩壁をあおいだ。瞬間霧が割れて、ジャンダルムのするどい尖塔が頭上にあった。高さ百メートル。寺林百平と夏原千賀子はチムニーを登りきって稜線を登攀中であった。まずあの速度だったら一時間半で頂上につくだろうと目測した。

再び霧が蛭川一郎の眼にふたをした。彼はジャンダルムの岩壁から離れ、チンネの正面が見える位置で、彼の姿をかくすことの出来る場所を探した。

霧の中に人の声がした。

「霧は間もなく晴れる。なにもかも見とおせるようにからりと晴れるぞ」

木塚健の声だった。木塚が現場に到着したことを知らせる第一報だった。

蛭川一郎は少々あわてた。予定の時刻より三十分早かった。もし木塚健の声がなかったら、雪渓のあたりで、ばったり顔を合せたかも知れない。

彼は岩かげに逃げて、彼等の雪渓を踏む足音を聞いていた。三人はジャンダルムとの間の雪渓をチンネ右側正面に横切って行った。

（木塚君、しっかりやってくれよ）

蛭川一郎は祈りたい気持でいた。霧は間もなく晴れる。それからはただ眺めるだけが蛭川一郎の任務であった。彼はルックザックをおろし、中から双眼鏡を出して、ひもを首にかけた。彼はずっと薄くなった霧の微粒子の中で、冷たい微笑を洩らした。

「きっとなにかが起る。起らない筈はない」

蛭川一郎は自分自身に向かって言った。

15

四人の登攀者は草付きまじりの岩場を四十メートルほど登り、中央チムニーの下点で二組のパーティーに分離した。木塚健と京松弘は中央チムニーの右岩壁、鈴島保太郎と陣馬辰次は中央チムニー直登のコースを取った。中央バンド（岩壁の側面を横切る狭い帯状の岩棚）で一度は落ち合い、そこから又二つに分れて頂上を目ざす計画だった。

霧の中の岩との闘いは始まった。木塚と京松は一本のザイルでつながれていた。隔時登攀の原則は守られていた。一人が行動中は他の一人は確保の姿勢を取った。ようし来い、行くぞの掛け声が、二人の口から叫ばれ、ザイルが岩壁を這(は)った。岩に取りついた二組のパーティーの間を、霧がたえず流れていた。

頭上にかぶさり懸った岩を乗り越えるためには岩壁に打込んだ岩釘(ハーケン)の上に立ち、更に上部の岩壁の割れ目を見つけて、岩釘を打込み、カラビナ(ザイルを通す鋼鉄製開閉環)を掛け、ザイルを通して、身体を吊(つ)り上げねばならなかった。中央バンドに取っついて一服。十一時半。霧はずっと薄くなってきた。チンネと向かい合っているジャンダルムの尖塔がぼんやり見えていた。

木塚健は霧をとおして、ジャンダルムの巓(いただき)に眼をやった。蛭川一郎の一行は宇奈月から池の平小屋に入り、昨夜は三の窓鞍部(コル)の下でテントを張って、今頃はジャンダルムの頂に身をひそめている時刻であった。

蛭川一郎を含めて六つの目は霧をへだてて、チンネの岩壁を凝視しているに違いない。

(起そうとすればなにかが起るに違いない)

チンネの最も難場の一つである中央バンド下の岩を征服した四人の登攀者(クライマー)は、中央バンドの上に立っている。

木塚健は、少し離れた位置にいる鈴島保太郎の顔を見た。青い顔をしていた。多分睡眠不足のためだろう。だが、一度岩に取りついた彼は登攀者としてさすがに非凡の腕を見せた。中央チムニーを登りながら、陣馬辰次をうまく誘導していた。木塚健と組んでいる京松弘は必要以外のことは言わなかった。

ただ、木塚にとっては、鈴島保太郎にしても、陣馬辰次にしても、京松弘にしても、いくらか平常と違っているように見えた。どこかに自然でないものがあった。

木塚は剣沢小屋で三人と枕(まくら)をならべて眠った。なかなか眠りつけなかった。鈴島も陣馬も眠れないらしく、一定した寝息は聞かれなかった。

夜半木塚は便所に立った。京松弘が坐(すわ)ったままでいた。五時に木塚は陣馬に起された。ねむれたかと木塚に訊(き)く陣馬辰次は、一睡も出来なかったような顔をしていた。

「さて、そろそろ、取り掛ろうか」

木塚健は京松弘に言った。このままチンネの頂上に登りたかった。蛭川一郎と約束したことをするのは気が進まなかった。

(登山家に悪者はいない)

それが通則であり、その一般則にあてはめると、蛭川繁夫の死は他殺でもなくなる。アイゼンのひもを取りかえたのは、全然他の登山者か、蛭川繁夫、陣馬辰次、鈴島保太郎の三人のうちの誰かが寝ぼけて取りかえたのかも知れない。落石は蛭川繁夫の滑落に次いで起った。写真の紛失と登山ルート図C割れ目(クラック)に×を書き込んだのは殺人とは関係のないことだったのかも知れない。

木塚健は鈴島保太郎と陣馬辰次が二人とも白であってくれればいいと考える自分自身にひどく戸惑っていた。少なくとも木塚健はチンネの岩壁上で、鈴島保太郎に対しても、陣馬辰次に対しても、疑惑を向ける余裕はなかった。ほんのちょっとしたミスが互いの命を奪う窮極の場に立って、彼はチンネのいただきに達することのみを考え始めていた。奇妙な倒錯であった。

チムニーは八十度の角度でのし上がっていた。その岩を木塚は背と足登攀(バック・アンド・フード)で登っていた。チムニーを出てかぶさり気味の岩を越えC割れ目(クラック)の岩場にかかった。霧はすっかり晴れ上がっていた。第二の確保点の岩場に自己確保して、下から登ってくる京松弘に肩がらみの姿勢で身構えた時、木塚健はチンネ岩壁の取っつき点から、ずっとジャンダルムに寄ったところの岩かげに、ぴかっと光るものを見た。高度二百五十メートルの岩壁から斜めにおろした木塚の視線は、岩かげで見詰めている蛭川一郎の双眼鏡をとらえた。

（蛭川一郎が下にいる以上、ジャンダルムの上には……）

　木塚健は谷をへだてたジャンダルムの頂上に眼を向けた。人影はなかったが、注意して眼をこらすと、そこにも待機している人間を感じた。木塚は背筋に寒いものを感じた。蛭川一郎と約束した大仕事をしなければならない時が来た。やりたくはなかった。

（なにも、ここでは起さない方がいい。起そうとしてもこんな岩場で起る筈がない）

　木塚は、二百数十メートル直下の蛭川一郎の双眼鏡の眼に言った。

（C割れ目だ。木塚、なにをぐずぐずしている。約束どおり、その岩壁の上で、裁判を開くのだ）

　蛭川一郎の双眼鏡は木塚の決心を催促するように揺れていた。

　木塚の頭の中に血に塗れている蛭川繁夫が浮かんだ。死骸が口を開いた。

「そうだ、ここがC割れ目だ。この岩に取りついている登攀者の中に俺を殺した奴がいる」

　声は岩壁の奥深いところから聞えた。冷たい声だった。木塚はかつてない恐怖に襲われた。隔時登攀法においては、動いている者の命を守る責任は、停止中の者にまかされていた。この場合、トップの木塚健が行動中であるから、二番の京松弘にその責任があった。

「おい、どうかしたのか」

京松弘は動きがにぶくなった木塚に声をかけた。ザイルが動き出した。木塚健の姿は、再びC割れ目(クラック)の岩壁上を登り出した。最も危険な岩面(フェイス)が彼の上にあった。木塚健は、C割れ目(クラック)の岩盤上に手掛り(ホールド)を探し、足場(スタンス)を得ると、一応自己確保をしてから斜めに身体をよじって、岩一つ越えて隣のE割れ目(クラック)の上にいる鈴島保太郎に声をかけた。

「鈴島さん、僕はあなたに聞きたいことがある。蛭川繁夫の死因についてぜひあなたに答えて貰(もら)わねばならないことがあるのです」

だが鈴島保太郎の顔は静かだった。

「なにを言ってるのだ、木塚、話があるなら、登ってからにしろ、君の足場も手掛りも確実ではないぞ」

「わかってますよ、鈴島さん、私はあなたが、蛭川繁夫とこのチンネへ登る時に用意した登攀ルート図の中の、このC割れ目(クラック)に×をつけてあるのを見たのです。×をですよ、×、つまりなくすることだ……なぜあなたの登攀ルート図に×が書いてあったかを答えられますか」

「木塚君、登るんだよ、さあ登ろう。岩を登る時は岩以外のことは考えてはならない。岩だ。岩しかここにはない。一度ゆっくり、深呼吸してから、眼を真直(まっす)ぐ岩に向けるのだ」

鈴島保太郎は、木塚健が彼の実力不相応な登攀をして、昂奮(こうふん)のあまり、妙なことを言い出したのだなという顔をしていた。

「だめだ。言いのがれは利かない。ここはチンネのC割れ目(クラック)だ。C割れ目(クラック)が裁判官だ。ここでは登山家である限り一切の虚言は通用しない。はっきり答えて貰いましょう、なぜ、ルート図に×を書いたのです」

その時になって鈴島保太郎は、木塚健が平常のあたまでその言葉を吐いているのに気がついたようだった。

「木塚、貴様はまだ僕を疑っているのだな、僕はもう何度か同じことを言った。蛭川繁夫は、僕が不用意におこした落石が原因で死んだのだ。それ以外には考えられない。僕のルート図に×があったことは、僕個人の問題だ、僕はずっと死の誘惑に襲われ続けていた。蛭川繁夫でさえも、生前C割れ目(クラック)あたりで死神に誘いをかけられたらどうなるか分らないというようなことを言っていた。ルート図を作っていた時に×を書いたのは僕自身の考え、つまり僕が自殺を図るならばという恐怖が×を書かせたのだ」

岩壁は静まり返っていた。岩壁にとまったままで、木塚健と鈴島保太郎の問答を、京松弘と陣馬辰次は眼を瞠ったままで聞いていた。

「蛭川繁夫は落石で死んだのではない、落石は二次的のものだ。彼はアイゼンのひもが切れたために滑落し、その時落石が起ったのだ」

木塚はもはや、なんでもかんでも、この岩場で片をつけたいと焦っているようだった。

「アイゼンのひもが切れた……なる程そう言えば切れていた。多分落石にやられて……」

「違う、落石で切れたのではない、切れるようにあらかじめ薬品が塗ってあったのだ。陣馬さんが京松さんから借りて来たアイゼンのひもを、鈴島さんか陣馬さんの二人のうちひとりが、剣沢の小屋で蛭川繁夫のアイゼンにつけかえたのだ」

木塚は鈴島と同じザイルにつながっている陣馬辰次に向かっていった。一言の嘘も言わせないぞという顔だった。

「君の言っていることはさっぱり分らない。順序を立ててちゃんと話せ」

意外に強い反抗を言葉に示したのは陣馬辰次だった。

「まあいい陣馬、ここは岩場だ。もう直ぐでチンネの頂上だ、木塚君、最後をやろう」

鈴島保太郎は登攀にかかる姿勢を取った。それが木塚には鈴島の言い逃れのように見えた。木塚にはこの場で黒白をつけないかぎり、この謎は永久に解けないような気がした。彼は二人を制して、アイゼンのひもについて話し出した。話の途中で、鈴島の眼が光った。

「おい木塚君、話が少々おかしい。蛭川繁夫はX型のアイゼンを京松君にすすめられて持って来たが、X型四本爪だって、固定型四本爪だって、使って見てたいした差はないと言っていたぞ」

鈴島がそういうとほとんど同時だった。

「木塚、あぶないぞ！」

鈴島保太郎の声が岩壁に響いた。

一瞬木塚は彼の腰につながるザイルが動くのを見た。ザイルは彼の身体を背後に引張った。だが木塚の手掛りはしっかりしていた。彼は全身の力を両手にかけて頑張った。なぜ京松弘が突然、ザイルを引いたかは咄嗟に判断できなかった。京松弘が話に気をとられて足を滑らせたかと思った。

「京松、貴様なにをするのだ、木塚を殺すつもりなのか」

鈴島保太郎の声で木塚は、同じザイルの下に敵がいることを知った。ふり返ることはできなかった。

「京松、やめろ、登山家としての恥を知れ、恥を」

だが京松は鈴島に返事をしなかった。京松は自己確保をしていなかった。狭い足場に立って、両手で、木塚を引き落すことだけに懸命のようだった。

「待て、ほんのしばらく待ってくれ、貴様が木塚を殺すことは同時に君がこの岩場から墜落して死ぬことになる。君が死ぬのは勝手だが、その前に一つだけ聞きたいことがある。京松君、君はなぜ蛭川繁夫を殺さねばならなかったのだ。その動機を聞かせてくれ」

鈴島の叫び声は、京松弘の手の力にいくらかのブレーキを掛けた。京松弘は岩に向かって答えた。

「恋だ。夏原千賀子への恋が僕を盲にしたのだ、恋が登山家としての僕を悪魔にしたのだ。僕はライバルの蛭川繁夫に勝ちたかった。卑劣な方法であっても、あの時はそうしたかった」

京松弘は岩に向かって告白を始めた。

蛭川繁夫の剣岳行きを聞いた時、彼の頭に浮かんだのはオキシフルでアイゼンのひもを処理することだった。彼は彼の持っているX型アイゼンのひも（夏原千賀子の憎悪のオキシフルがふりかけてあるひも）を新しいひもに取りかえ、これを五分間、二〇パーセントのオキシフルに浸してから蛭川繁夫を訪れた。蛭川繁夫は登山家にあり勝ちなこり性の男だった。X型四本爪のアイゼンは使わず従来の固定式四本爪アイゼンを使っているのを知っていた。京松弘は間隔が自由に調整できるX型アイゼンを使うべきだと蛭川に執拗にすすめ、彼の使っていた固定式のアイゼンと交換して帰った。夏原千賀子が京松弘のアイゼンのひもにかけたオキシフルのことは誰も知らなかった。もっとも三パーセントのオキシフルをふりかけたぐらいでは反応は期待できるものではなかった。陣馬辰次が京松から借用した四本爪のアイゼンはもとは蛭川繁夫のものだった。陣馬辰次という男は人の持物を借用するのをなんとも思わない男だった。二人の住所はすぐ近くだった。

「京松、君は蛭川繁夫を本当に殺すつもりだったのか、おそらくそうではあるまい、アイゼンのひもが切れたぐらいで簡単に死にはしまい、せいぜい怪我だ、そのぐらいのことを期待してやったことだろう」

鈴島保太郎が京松に向かって怒鳴った。京松は答えない。

「おい、そうだろう、僕等は山男同士だ、相手を殺そうなどと考える筈がない」

「だが結果は殺したことになる」

京松弘はそう答えてから、鈴島保太郎と陣馬辰次に交互に眼を向けて言った。

「登山家に悪人は居ないというのは嘘だ。現に僕がいる。僕はたった今、同じザイルにつながれている木塚健を殺そうとした。あのジャンダルムの上で望遠レンズで撮影している寺林百平と夏原千賀子の二人と、チンネの下で眺めている蛭川一郎に対しても、なにかをお眼にかけたかったのだ。……が、もうやめた。木塚を死の道連れにしたところで益のないことだ。僕は蛭川繁夫が死んで以来一日として静かに眠れた日はない。これからぐっすり眠るのだ」

京松弘はポケットからナイフを出すと、自らザイルを切って、絶壁に身を投げた。

翌日の新聞に数行の遭難記事が載った。

剣岳チンネ登攀中、過(あやま)って墜死したという簡単な記事であった。

十月に入って剣岳一帯は例年より早い初雪を迎えた。来年の夏まで溶けない雪だった。

第二章　雪崩（なだれ）

1

秋の黒部峡谷をカメラが追っていた。紅葉と水の青さと、絶壁にかけられた吊橋（つりばし）を渡っていく人の危ない姿勢が繰返して映写されていく。色彩は強烈であるが、変化は緩慢であった。

画面が変って、立山、剣岳連峰が出る。

観客のざわめきが起る。山の記録映画であるから、観客のほとんどは山好きの者である。実際に登った者も何人かいる。その人たちは、写し出された山について、私語する。剣岳が大写しにされた。八ツ峰の岩峰の群立とその間をつなぐ尨大（ぼうだい）な雪渓群に画面は停止する。

「つるぎね……」

夏原千賀子は隣合って坐（すわ）っている鈴島保太郎に言った。鈴島保太郎の表情は動かない。

画面を見てはいるが、別のことを考えている顔だった。暗い苦悩に満ちた顔だった。夏原千賀子は鈴島保太郎のそういう顔つきに牽かれた。山男の中によく見掛ける単独行愛好者、常に自分の影とだけしか行動をしない男、そういう孤独な山男の代表として鈴島保太郎は、千賀子にとって興味ある山男のひとりであった。単独行を好んでやっていた鈴島保太郎が、蛭川繁夫と共に恐怖の山ジャヌー攻撃を計画して、その予備行動として、剣岳池の谷に入って、友人をなくし、更にチンネで京松弘の死に遭ってからは、彼の孤独性は前にも増して深まったようであった。

映画は終ったが観客はまだ立たなかった。舞台で籤引きの準備が始められていた。スキー場宣伝のための無料招待券であった。

「当ったらどうするの。当りそうよ、この番号」

千賀子は手に持っている入場券の番号を見ながら言った。

「これだけの人の中で当る人は十人だ。当りっこはない」

「でももし当ったら……どちらかが当ったら、ふたりでスキーに出掛けることに約束しましょうね」

千賀子は、その当てにもならない約束を勝手にしてから、楽しそうに笑った。振袖を着た少女が廻す抽籤器から、番号の書いてある玉がころがり出る度に、番号がアナウンスされて、当選者がスキー場無料招待券を受取りに出ていった。一五三八番と読み上げられた時、千賀子は思わず声を上げた。鈴島保太郎が、彼女のかわりに舞台へ進んでいった。満場の拍手が湧いた。

「このスキー場の招待券はあなたに差上げるわ」

外に出てから千賀子が言った。

「もし万が一当ったら二人で行こうという約束をしたのは、千賀子さんだったでしょう」

「冗談よ、あれ、……おかしいもの、あなたと二人だけでスキーに出掛けるなんて」

「そうですか、では誰かにやればいい」

鈴島保太郎は招待券のことにはそれ以上触れずに、

「今夜はひどく寒い」

と言ってから、急に思い出したように、これから飲みに行くがつき合わないかと言った。九時だ、一時間ぐらいは飲みながら僕の山の話を聞いてもいいでしょう、落着いたバーなんだが、と誘う鈴島保太郎に千賀子はことわりきれずにまごついていた。

タクシーは新宿に向かって二人を乗せて走っていた。運転手が行先を聞いた。

「駅へやってくれ」

鈴島保太郎が言った。

「いいのよ、鈴島さん、一時間だけおつきあいするわ」

千賀子は、鈴島保太郎をもっと深く知りたかった。鈴島保太郎の孤独性がなににょるものか知りたかった。

狭い静かなバーだった。二人は隅のテーブルに坐った。

「僕は本来山なんて好きじゃあなかった」

千賀子を前にして、黙ってハイボールのグラスをあけていた鈴島保太郎が、この言葉を吐いたのは、二十分もたってからだった。

「好きでもない山に何故僕が身を入れるようになったのかお分りですか、千賀子さん、おそらくあなたにはお分りにはなりますまい。逃避ですよ、山に行っている間は自分を或る程度忘れることができるのです」

鈴島保太郎の語調は幾分酒の力を借りているようでもあったが、顔には出ず、飲めばむしろ蒼さが深まっていくようであった。

「僕は一つの苦難を背負っている、戦争中に犯した罪だ、その罪の意識から逃れるために山男となった。だが、山は僕に新しい苦難を与えるだけで、過去のものは清算してくれようとはしない」

千賀子は鈴島保太郎に真直ぐ眼を向けた。彼女には鈴島保太郎のいう苦難がなんであるかは分らないが、彼が心の秘密を彼女にだけ洩らそうとしている努力が彼女をずっと鈴島保太郎に近づけた。

「千賀子さん、僕は蛭川繁夫を池の谷で殺し、そのことに起因して京松弘をチンネで殺した」

「まあ、そのことは全部解決がついているじゃあありませんか」

「ついてはいない、確かに京松弘は蛭川繁夫のアイゼンにオキシフルを塗った。しかし、蛭川繁夫の死の原因はそれではない、落石だ。落石が先に起きたのだ、落石をさけようとして逃げ廻っているうちにアイゼンのひもが切れたのだ。僕はこの眼で見ていたのだ。蛭川繁夫を落石で殺した者は僕か、僕でなければ小窓尾根に居た陣馬辰次だ」

「おそろしいことを……」

千賀子は周囲を見た。スタンドに腰かけた数人の客が大きな声でマダムを相手にしゃべっているだけで、テーブルには外に誰も居なかった。

「勿論殺そうとして殺したのではない。僕のちょっとしたミスが落石の誘因を作ったのだ」

「そうだったら、それほど悩むことはないでしょう、もともと不可抗力の事故だったんだわ」

「あの時、僕の心はあそこにはなかった。最近山を歩いていて、よく自分を忘れることがあった。あの時も、一瞬、僕の心の中の千賀子さんの眼に会って、僕は自分を見失っていた。落石を起したのもそのために注意力が欠けていたからだ。千賀子さん、あなたの眼はおそろしい眼だ。あなたに瞬きもせず真直ぐ見詰められると、僕等山男の心はどうにもならないほど不安定になる。一瞬、雲がはれて、眼の前に雪を戴いた山嶺を見た時のように、山男の心は動揺する。しかもその眼は、残像となって心の底に焼きつく。そしてなにかのひょうしに突然、あなたのその眼が浮かび上がるのだ。魔女だよ、あなたは山男たちの魔女的存在なんだ」

千賀子は鈴島保太郎の饒舌の前に色を失っていた。千賀子は立ち上がった。

外に出てから二人は一言も言わなかった。鈴島保太郎は千賀子の家の門が見えるところまで送って来て黙って頭を下げて背を向けた。数歩歩いてから千賀子は鈴島保太郎の名を呼んだ。

「鈴島さん、もったいないわ、このスキー場招待券、私あなたと二人で行くことに決めたわ」

千賀子は男の中で山男という種類を一段高い扱い方をしていた。山男には悪人はいない。彼等は都会の青年のようにいやらしくはない。例外なしに山を愛するように女を愛する。誠実で勇敢でたくましい青年ばかりである。千賀子は結婚の相手として鈴島保太郎を考えてみた。突然京松弘の顔が浮かび上がった。徳沢の森で彼女を奪った京松弘、その体験はもう遠いものである。鈴島も陣馬もそのことは知らない。しかし彼女自身はたった一度の経験を与えたままで死んでいった京松弘を通して、山男の体温は知っていた。苦痛はもはや消えて、京松弘によって代表された山男の強い体臭が森のにおいと共に彼女の中に新しい男を待っていた。

2

氷霧が山肌にそって静かに移動していた。

そう濃い霧ではなく、尾根筋の見とおしをつけるには邪魔にならない程度に視界全体は乳色ににごっていた。

霧に切れ間が出ると、思い出したように雪片が舞った。結晶が光って見えるほどの明るさがあった。霧の層は薄く、天候は回復しつつある証拠だった。南よりの風が立（たて）山川（やまがわ）の渓谷を越えて吹き上げていた。

木塚健はテントの中で聞いたラジオの気象通報と考え合せながら、この天候の回復は低気圧が日本海に発生したためであろうと推測した。そう長い間ではなく、ここ一日か二日の小康であり、やがて西風が吹き出すと、前と同じような吹雪になることを知っていた。

早月尾根の上部、シシ頭付近の雪洞にこもって、待機している三人のことが頭にうかぶ。おそらく、三人の攻撃隊もこのチャンスを逃す筈はない。雪崩のおそれはあるが、多分その行動を起しているに違いない。

東大谷の駒草ルンゼ冬季初登攀の栄光は、支援隊二名を背景として、鈴島保太郎、陣馬辰次、寺林百平の三人に与えられるのだ。

木塚は自分が支援隊として後に残ったことをそう悔いてはいなかった。彼等三人が駒草ルンゼ攻撃に成功すればそれでもよし、万が一、彼等のうちに落伍者があった場合は、自分がそれに代ってもいい。

そして予定通り駒草ルンゼに成功を見たならば、その次は間髪を入れず、池の谷右俣を越えて、剣尾根のドーム壁に挑戦し、冬季初登攀の栄冠を戴く者は、木塚健自身をリーダーとするパーティーでなければならぬと考えていた。

木塚健は、彼の背後に続く曽根崎清を振り返って見た。冬山の経験は木塚ほど多くはないが、がっちりした体格にものを言わせて、大きなルックを背負って、ノッシノッシと雪の中を登ってくる曽根崎に、一服するぞと声をかけようかと思った。

この二人の支援隊(サポーター)の任務は、食糧と燃料を、攻撃隊の雪洞まで運搬して、その日のうちに二千六百メートルの中継キャンプまで引返すことである。天候がこのままで変らぬかぎり、時間はあった。

「曽根崎君」

と、声をかけたが、曽根崎は立ち止ったままでなにか考えごとをしていた。一服しようじゃあないかと言う木塚健の呼び声に対して、曽根崎は、

「へんな音が聞えませんでしたか」

と言った。雪眼鏡を通しての曽根崎の表情は見えなかったが、彼が、防風衣(ウィンドヤッケ)の頭巾(ずきん)をはずしているところをみると、なにかの物音を聞きつけ、それに用意している様子が読み取れた。

「へんな音?」

木塚健は頭巾をはね上げ、毛糸の帽子から耳を出した。ひやっとした冷たさが耳を襲う。音は聞えなかったが、風が谷間で反響し合って作り出す、妙に底にこもった音は聞えていた。

「風の音だよ」

「違います……」

曽根崎は首を振ってから、頭巾をかぶり直すと、木塚健のところまで登って来て、

「風ではない、あれは雪崩の音です、雪崩が起きたのにちがいない……雪が五日も続いて、そして今朝になって止(や)んだ、それに……」

と話をかえた。

「天気回復と共に温度は上昇しつつある。表層なだれが起る可能性が考えられるというのだね、曽根崎君……、起るかも知れない、三月だ、時期は悪い。だが、僕等は引返すわけにはいかないんだぜ、支援隊(サポーター)には、支援隊の任務がある。どうしても、今日中にこの荷物を、あの雪洞に持ち込まねばならないんだ」

曽根崎は木塚の言葉をどう取ったのか、それ以上雪崩のことは言わず、木塚の足もとに眼をやって、

「雪踏み(ラッセル)を交替しましょうか」

と言った。五日間の吹雪のために、先発隊が雪踏みした後はほとんど消えていた。なにかのひょうしにワカンをつけた足を吹きだまりに踏み込むと、股(また)まで達する深さであった。

「交替して貰おうか、そう急ぐことはない」

木塚健は曽根崎清にそうは言ったものの、あまりゆっくりしてはいられないぞという気持が先にたった。

（あいつ等に負けてはならない）

それが気になり出すと、自然に足は前に出る。

木塚健のパーティーの攻撃隊の他に、二人のパーティーが、一日おくれて早月尾根を登っていってシシ頭の下のあたりで雪洞を掘っていた。中継キャンプも支援隊も持たない、速攻法にのみ希望をかけている二人組が狙っているのも、やはり駒草ルンゼの冬季初登攀であった。

この別のパーティーは食糧も燃料もそう多くはもっていないから、やるとすれば、今日に違いない。すると、二組のパーティーの競争になる。

「話し合いがつけばいいがな……」

木塚健はひとりごとを言った。

「話し合い？　誰が雪洞に残るかということですか」

曽根崎が聞いた。彼は攻撃隊が駒草ルンゼをやる場合、万一を期して、鈴島、陣馬、寺林のうち一名が雪洞に待機することを木塚が言っているのだと思っていた。

「そうじゃあない、後から登ったパーティーだ。話し合いがつけば、五名の名によって冬季初登攀はなされるし、話し合いがつかないとすれば、まずい。こういう時には、競争するとろくなことはない」

「木塚さん、それは駄目です、話し合いはつきませんね。やるところまで、二組はやりますね、ある意味では命をかけてまでね……」

「命を賭(か)ける……」

木塚が曽根崎の言葉をとがめるように彼の顔を見たとき、偶然のように、霧が切れて日がさした。幾カ月も見たことのないように輝いた太陽があった。

早月尾根を境界面として霧は二つに割れていた。剣岳の頂上に続く銀嶺が霧の中に浮かんでいた。雪眼鏡をかけていてさえも、まぶしさを感ずるほどの光量が尾根をはっきり浮き出させていた。

「誰かおりてくるぞ」

曽根崎が叫んだ。同時に木塚健も人影を見た。雪煙りが南風にあおられて、尾根の反対側になびいていた。

「なにかあったんだな」

そういいながら木塚健は胸のさわぎを感じた。

「雪崩だ。きっと雪崩が起きたんだ」

曽根崎清はおりて来る人影に向かって、自分の予測をおしつけるような言い方をした。

黙れと言いたいのを木塚はやっとこらえて、雪の上にルックをおろした。

相手が自分たちのパーティーの者か、相手のパーティーの者かをまず確かめようとした。

霧が再び二人の眼にふたをした。

霧の中から姿を現わしたのは寺林百平だった。

「どうしたんだ、寺林、なにかあったのか……」

寺林の到着を待ち受けて、やや性急に切りだした木塚健の言葉に、寺林百平は、びっくりしたような顔をして、

「なにかって……食糧がなくなったから持ちに来たまでのことだ」

「駒草ルンゼの攻撃(アタック)をやらないのか」

「勿論やるさ、が、今日はまずい。こういう日は雪崩のおそれがある。一日置いて、雪がしまってからの方がいい、天気は二、三日は続くだろう」

「ばかな、剣(つるぎ)の三月だぜ、そうあつらえ向きに天気が続くものか、それにだ、後から

登ったパーティーのことだって考えなくちゃあ……」

木塚健の言い方を非難にとったのか、寺林百平はふんと言ったように顔をそむけて、

「あいつらか、五日間の雪で食いつめたから、駒草ルンゼを放棄して、明日剣の山頂をやって下山ときめた。この季節に速攻法で駒草ルンゼをやろうなどというのは、どだい無理なことだ。ここまで来て、じたばたしたところでどうにもならない……」

寺林百平は曽根崎から煙草(たばこ)を一本貰って、旨(うま)そうに吸いながら、雪洞にこもっていると、やけに煙草ばかり吸っちゃって、と煙草を切らしたいいわけをした。

「寺林さん、雪崩の音を聞きませんでしたか」

曽根崎が聞いた。

「雪崩の音……さあ……」

寺林はちょっと考えるふうをしたが、煙草を一息深く吸いこんで、その煙を曽根崎の方に吹きかけながら、君は雪崩の音を聞いたのかと、改めて曽根崎に反問した。

3

二人の荷を三人で分けて背負ったせいか、木塚健の足の動きは前よりも軽かった。別に急ぐつもりはないが、雪洞に待っている、鈴島保太郎と陣馬辰次に早く会って、

明日こそ間違いなく駒草ルンゼの攻撃をするようにすすめたかった。それにもう一つ、後から登っていった二人のパーティーが、駒草ルンゼ攻撃を放棄して、剣山頂から引返すということが事実かどうか確かめたかった。

木塚健にはなんとなく後から登った二人のパーティーが油断のならない相手に思えてならなかった。

木塚健が二人を見かけたのは、伊折（いおり）部落であった。ここから上にはもう部落はなかったから、かねて手紙で打ち合せて、あらかじめついて貰っておいた餅（もち）を取りに、農家へ寄った。

そこで木塚健は二人の登山者が農家で餅をついて貰っているという話を聞いた。

冬山攻撃を前にしていやに悠々としたやり方だな、と、その時はそう思ったが、後から考えてみると、この二人の行動は、わざわざ一日旅程をおくらせることによって、先発隊に登山路の雪踏み（ラッセル）をさせようと、考えていたのではないかと疑えないことはなかった。もっと悪く考えると、この二人のパーティーは、木塚健の一行が、ゾロメキ発電所に具（そな）えつけてある登山者名簿に書いておいた目的地を見て、攻撃目標を駒草ルンゼに決定したと思えないでもなかった。

五日前、木塚健は支援隊（サポーター）として攻撃隊の荷を雪洞予定地まで運搬して、雪洞掘りを手伝って、中継キャンプに帰ろうとした時、そう遠くないところに雪洞を掘りにかかっている二人のパーティーと言葉を交わした。山で会った者同士の儀礼として当然のことであった。木塚健は自己紹介をしたあとで相手の山岳会の名前と目的を尋ねた。

「あなた方と同じところですよ」

高森為之助(ためのすけ)と名乗った男がそう答えた。

「そうです、駒草ルンゼの冬季初登攀を狙ってやって来たんです、どうも……」

どうもと妙な余韻を残して後を言わず、ノコギリで雪を切っている狩岡友好(ともよし)という男は小男だったが、よく身体(からだ)の動く男だった。木塚健とその二人の男達との会話はそれだけだった。

木塚健はその二人との会話を思い出すと、この二人に先を越されはしないかという不安がまた頭に持ち上がってくる。

「大丈夫だろうね……」

木塚健は寺林百平に言った。

「なにが?」

「奴等(やつ)さ、僕等を油断させておいて、今日中に駒草ルンゼの攻撃をやる……」

それを聞くと、寺林百平が笑い出した。

「なにがおかしい」

「ばかな心配をするからさ、さっき君自身が言っただろう、三月の剣だぜ、新雪がたっぷり降って、天気が上りかけている。南風だぜ。おあつらえ向きの雪崩の起き易い天候じゃあないか。こんな日に駒草ルンゼをやってみろ、一ころだぜ。少なくとも山を知っている者なら、こんな日に駒草ルンゼ攻撃はやらないな」

寺林百平はそれだけ言うと、黙って聞いている曽根崎清に、そうだろうと声をかけた。木塚健には寺林百平のやり方が、曽根崎という新人の前で自分の山に対する無能を嘲笑されたようで不愉快だった。

「分った、雪崩の心配は充分ある。それで寺林、君は雪洞を出て来る前に、あの雪洞が大丈夫かどうかを確かめて来たろうな……あの場所は雪崩に襲われる危険が全然ないとは言えない」

「雪崩？」

寺林百平は自分自身が出て来た雪洞を例に持ち出されると、ちょっと困ったような顔をした。

「こういう日は危険だ。危険だと分ったら、他に場所を変えるべきだ。勿論そうやって来たのだろうな」

木塚健は寺林に追い討ちをかけた。

「いや、あそこは大丈夫だ、雪崩の心配は絶対にない」

絶対にないと言いきったものの、そのことが心配になったのか、言い過ぎたことに気がついたのか、それから寺林百平はあまり口をきかなかった。

霧が濃くなった。風はずっとおだやかになっていた。

突然霧の中で人の叫ぶ声がした。登っていく三人の話し声を聞きつけて呼びかけたもののようであったが、呼びかけるというよりも、自らの恐怖を他人に向かってうったえようとする叫び声に聞えた。

高森為之助は肩で息をしていた。

三人の前に突立った高森為之助は多くのことを一度に言おうとして、意味の通じない言葉を吐いた。雪崩、雪洞、やられた、というような言葉をやたらに吐いた。雪崩による事故があったということは分ったが、誰がやられたかさっぱり分らなかった。

「二人共やられたのか」

寺林百平が言った。

「一人は助かった。雪崩が起る前に、雪洞を這(は)い出ていた」

「鈴島さんですか」

「いや、鈴島は雪崩と共に流された……」

高森為之助は鈴島保太郎を鈴島とよんだ。助かった陣馬辰次に鈴島の名を聞いたのであろうけれども、さんもつけずに鈴島と呼びすてにする高森を、木塚健はにがにがしい顔でみつめていた。

雪崩が起きた時刻は十時三十分だった。物音を聞いて、雪洞から飛び出した高森為之助と狩岡友好の見たものは、ものすごい雪煙りだった。彼等は尾根の背に逃げて、雪崩の収まるのを待った。雪崩は小範囲に起きていた。まるで三人の居た雪洞を押し流すことを初めから計画したかのように、三人の雪洞を中心にして、狭い幅の雪崩が池の谷右俣の渓谷目がけて落ちていた。雪洞のあった付近は表層なだれだったが、下へいくほど、雪を深くけずり、岩盤が現われていた。

高森為之助と狩岡友好の二人は雪崩の恐怖の去った後、雪崩の傷跡に半分足を掛けたような格好で倒れている人影を見た。それが陣馬辰次であった。蒼白（そうはく）な顔をしていた。ものを聞いてもにわかに答えられなかった。高森と狩岡が陣馬の身体を安全地帯に引張り出した。

高森為之助は陣馬辰次の介抱を狩岡へまかせて、急を知らせに走ったのである。

「それで鈴島保太郎さんは」

木塚健が聞いた。

「彼は……」

高森為之助はそれには答えられなかった。雪崩に呑まれて鈴島保太郎は行方不明になったままだった。

「曽根崎君、君が聞いた音はやっぱり雪崩の音だったんだね……」

木塚健はそう言って、三人の顔に平均に目をやってから、曽根崎に、

「すまないが、中継キャンプに引きかえして、今夜は泊って、明朝早く、ゾロメキ発電所まで下ってくれないか、電話で鈴島保太郎の遭難を富山警察に知らせるのだ。その他のことは分っているな」

しかし曽根崎は答えなかった。雪崩で鈴島保太郎が死んだと聞いた時から、彼は落ちつきを失っていた。雪の中を意味もなく歩き廻ったり、ほんとに死んだでしょうかとくり返していた。

「曽根崎君にその役はちょっと無理だな、僕がやろう」

寺林百平が言った。

「いや、君は是非もう一度登らなけりゃあなるまい。君の眼で、君の作った雪洞が、雪崩にどんなふうにやられたかを確かめて貰わねばなるまい」

「いいとも、どっちだっていいことだが、へんに君に命令してもらいたくはないな」

「鈴島さんが雪崩でやられ、陣馬さんが怪我をしたとすれば、その次にリーダーとなるのは当然僕だろう……」

寺林百平の不平面をそのままにして、木塚健はさっさと荷物の処理を始めた。遭難があった以上、攻撃は中止、必要なだけの食糧と燃料だけを残して、後は曽根崎に持たせてやることにした。

「ところで高森さん、あなたのパーティーの食糧は……」

「五日間の吹雪は長すぎましたよ」

「当り前でしょう、剣ですよここは、晴れる方が珍しいくらいです。この荷の一部を分担していただきますか、このような事故が出た以上、パーティーは合流して同一行動していただかねばならないでしょうから……」

「僕等としてやれることだけはね」

高森為之助は木塚健に充分の余裕を見せて応えていながらも、前に並べられた食糧と燃料には大いに関心の眼を向けていた。

四人は昼食を摂った。

木塚健は、ペミカン（ラードで肉と野菜をいためたもの）を食べ、サラミソーセージをかじりパンを頬ばり、魔法瓶(テルモス)の紅茶をがぶがぶのんでいる高森の横顔を見ながら、この男は、相当腹をへらして、天候回復を待っていたのだなと思った。

霧がはれた。視界が少しずつ開いていった。

「高森さんの冬山は……」

「冬山の経験をお聞きになりたいって言うんですか」

木塚健は特別に高森の冬山の経験を洗いたてようとしたのではなかったが、昼食をすませて、出発までのほんのわずかな間の話しかけに、きっとかまえ直した高森の顔を見て、おやと思った。他のパーティーの食糧に手はつけたけれども、心の底にはなにかの意識的な抵抗を持っていることが感じられた。それは単なるライバル意識ではなく、妙に木塚健を煙たがっている感情の動きにも思われた。

4

やや背を丸めて、うずくまるような格好で池の谷右俣の谷底へ眼を向けている陣馬辰次の姿は、悲しみのすべてを背負っている山男に見えた。

「鈴島がやられた。俺と一緒に雪洞を出れば助かったのに……」

陣馬辰次は二人の友人にそう言った。

「あなたの怪我は……」

木塚健は陣馬辰次がどこにも負傷していないのに不審を抱いて聞いた。

「どこも、どうもない。急に頭が痛くなり、息がつまりそうになったから鈴島に声をかけて雪洞を出た。その時雪崩が起きたのだ」

「雪崩の音を聞いてから逃げ出したのじゃないんですね、その時鈴島さんはどうしていました」

「寝袋（シュラーフ）に入って寝ていた……」

「寝ていた？」

木塚は、眠っている時刻でないのに、鈴島が眠っていたことに疑問を持って聞き返した。

「鈴島さんは、二、三日前から不眠症になやまされていたようです。僕が雪洞を出る時にも、しきりに睡眠不足をうったえていた」

寺林百平がそばから口を出した。

「すると全く奇蹟（きせき）的にあなたひとりが助かって、鈴島さんが雪崩にのまれたというわけなんですね。それで頭はまだ痛みますか」

そう言われて陣馬辰次は頭を左右に振って顔をしかめた。青い顔をしていた。

「ザイルを貸してくださいませんか」

木塚健は傍で陣馬辰次と木塚健との会話を聞いている狩岡友好に言った。

「どうするんです」

「あなたがた二人が、雪崩の直後に当然すべきであったことを、これからやるんです。今頃やっても、もうどうにもならないことだが、やらなければならないでしょう」

「右俣の谷までおりるのか」

「勿論、あなた方がいやなら、僕と寺林の二人だけでやる、やらねばならないことだ」

「やめた方がいいね、危険だ、死にに行くようなものですよ」

高森為之助は言った。だがそれには答えず木塚健は、ずっと自信に満ちた大きな声で、雪崩と共に僕等のパーティーは一切のものを失くしたのだから、あなたのパーティーのザイルを貸してくれと言った。寺林百平にはなにも言わなかった。もし、寺林百平がやめた方がいいと言ったら、臆病者めと、どなりつけそうな顔をしていた。

四十メートルのザイルにアンザイレンしてから、二人は直ぐ谷底へは行かずに雪崩の発生したと思われる、尾根の上部へ迂回して登っていった。

稜線にそって池の谷側に主風の影響を受けて雪庇が出ていた。雪洞を掘るためには主風の反対側に場所を選定しなければならない。勿論雪洞の上に雪庇のあることはわかっていたが、こういう場所では、あらゆる危険に対して安全という条件はむずかしかった。

木塚は、安全だと考えていた筈の雪庇が五日間降りつもった雪の重さで崩れ落ちた様相を、もっとくわしく調査しておく必要を痛感していた。

雪庇は見事に切断され、その下の積雪層をさらっていた。雪崩でさらわれた岩が頭を出していた。その岩の根元にある一塊の雪に、黒い油煙のあとがほんの一筋残されていた。

寺林百平が雪の上に落ちている毛糸の帽子を拾った。陣馬辰次のものだった。それ以外になにものも落ちていなかった。雪崩がきれいさっぱり始末していた。

寺林百平はその付近の状況を手早くカメラに収めると、木塚健を誘った。寺林百平の眼にも木塚と共に雪崩の後を下降する決意が光っていた。

雪崩の落下した後の露出した岩肌を注意深く下降していきながら、木塚健は、なんとなく割り切れない気持を持っていた。この事故が自然に起きた雪崩以外の原因によるものだとはっきり言えるものはなにもないが、妙に心の奥にひっかかるものが残っていた。

「血だ、おい木塚、木塚……」

木塚健は、寺林百平の声で岩から眼を上げた。足元に気を取られて気がつかなかったが、彼からそう離れていないところに血の跡があった。血痕はそこから始まって岩と氷と雪の上に点線を描いて谷へ向かっていた。木塚健は、血痕の発見よりも、血痕をゆびさして叫んでいる寺林百平の異常に昂奮した姿にむしろ驚いた。血痕に恐怖している姿勢だった。血痕を指さす手がふるえていた。

木塚健は、寺林百平から眼を離し、岩肌のくぼみの雪の上に残された赤い血の傍に立った。幾日ぶりかで太陽の光を見た黒い岩は輻射熱を受けて、それに接している部分の雪をとかし始めていた。血の斑点は見ている前で雪の中にとけ込み、その紅い面積を増していった。それは静かに開いていく血の花のようであった。

死んだ鈴島保太郎の執念が、木塚の眼の前で見せる意志の表現のようでもあった。

木塚健が鈴島保太郎の死に方について、疑問を持ったのは、その瞬間だった。鈴島保太郎の血に教えられたように、木塚健は、それまでのあわただしい経過を頭の中で整理しようとした。

彼は血の跡をたどって下降していった。鈴島保太郎の生命と引きかえに、危険な雪は岩から剝奪されていた。重力に支配された自然の方向に、岩肌の雪を大掛りに掃除したごとくに、雪崩の跡だけが、山全体から見て、異様に黒く露出されていた。谷の下降をする場合、むしろ雪崩の跡をたどることの方が、新しい雪崩に対しては安全であった。

傾斜はややゆるくなり、やがて雪崩の終点に達した。大きな雪塊や、雪板や、岩石が、広い面積に不規則に重なり合っていた。

どこに鈴島保太郎が眠っているのか見当のつけようもなかった。

木塚健は呆然（ぼうぜん）とその跡を眺めていた。登山家の運命をまのあたり見せつけられたような気持だったが、悲しみは湧いて来なかった。嘆きよりも、雪の下のどこかに居る鈴島保太郎の怒りの声が木塚健を衝（つ）いた。

（あれほど用意周到な鈴島保太郎が、なぜ雪崩を予知出来なかったのであろうか）

彼はその疑念を持ったまま、雪崩の上を歩き廻っていた。

「おい、木塚、もうあきらめて帰ろうぜ」

ピッケルであっちこっち掘りおこしている木塚健に寺林百平が声をかけた。実際、二人ではどうにもならない仕事であった。それに帰途の時間と、その後のことが気になった。中継キャンプに帰れる時間ではないから、雪洞で一夜を明かさねばならない。その処置を考えねばならない。

木塚健は、寺林百平の呼びかけに頷(うなず)いて、早月尾根を仰いだ。雪崩の跡が黒い川に見えていた。寺林百平が先に立ち、その後を木塚健は鈴島保太郎の死骸(しがい)を発見できなかった敗北感にしめつけられながら、雪を踏んでいた。一歩が百歩の重さであった。前を行く寺林百平の、足跡を追うのが大儀だった。彼は疲れを覚えていた。

彼は大きな雪塊を迂回しようとして、右足を雪の中に深く踏みこみ、倒れそうになった身体をやっと持ちこたえながら、黒いものを見た。気のせいか、石のかけらではなく、なにか器物の一部に見えた。手袋の先で雪をかき除(の)けると、携帯燃料の罐(かん)が出て来た。

ふたはなく、底の方にはまだ固形燃料が残っていた。木塚健はそれをポケットにしまってから、寺林にこの付近をもう一度探してみようと言った。

寺林がうんと言おうが言うまいが、探してみるつもりでいた。

アメリカ軍放出の携帯燃料の罐が発見された場所は、そこからそう遠くない距離であった。

雪の上に口を上に向けていた。固形燃料は底の方にいくらか残っていた。

「この携燃は僕等のパーティーで使っているものではないな」

木塚健が言った。

「そうだ、多分隣のパーティーで捨てたものだろう」

「捨てた？　よく見ろ、まだお湯を沸かすぐらいの分量は残っているぞ」

「間違って捨てるということもある」

「馬鹿(ばか)な、彼等は燃料に困っている……」

木塚は携燃の平たい罐を片手で廻しながら言った。英語で毒(ポイゾン)と書いてある下のあたりが石にでも当ったのか凹(へこ)んでいた。

「君の探偵趣味が始まったな、一体君はその携燃と雪崩をどういうふうに結びつけて考えようとするのだ」

「分らない、分っていることは、鈴島保太郎の眠っている雪の上に、なにかの偶然で、二つの異なった種類の携燃が落ちていたことだ」

木塚健は彼のポケットから、クマ印の携燃の罐を出して寺林百平に示した。

「それは僕等が使っていた携燃だ、落ちていたのか」

それを受け取ってから、寺林は手の平で罐をぐるっと一回転してから、

「おい木塚、よせよ、君がなにを考えているか僕にはよく分る。だが無駄なことだというよりも、君自身で、君の登山家の良心を傷つけるだけのことだ。ここは冬の早月尾根だ。こういうところへ出掛けて来る男はほんとうの山男だ。登山家に悪人はいな

いと言う法則が当てはまる人ばかりだぜ」

雪の中に埋れたバンバ島小屋にその日も小雪が降っていた。小屋の前に一群の人が立っていた。富山から来た警察官、医師、東京から来た鈴島保太郎の勤めている会社の瀬田正一、死んだ鈴島の所属する山岳会の会長の蛭川一郎、それにたった一人の女性、夏原千賀子がいた。それら一団を迎えるかたちで、陣馬辰次、木塚健、寺林百平、曽根崎清の四人のグループと並んで、高森為之助と狩岡友好が立っていた。

三日間の小康を見せただけで天候はまた悪くなっていた。悪くなるというよりも、この季節のこの山の常態にかえっていた。

警察官の調べは一人一人について形通りにすすめられた。調書を取るノートの上に雪片が落ち、その上を鉛筆がこすっていた。

「こういう悪天候の季節に山へ入るということからして、そもそも危険なんだ」

警察官の言ったそもそもがおかしかったのか、医師は鼻の上に皺を寄せて、

「そもそも死体が発見できないかぎりは検死は出来ない相談だ」

「いつ頃になったら山へ入れるかしら」

夏原千賀子が言った。

「六月でしょうね」

警察官の言った六月を口の中で二度ほど繰返してから、夏原千賀子は陣馬辰次に向かって、

「陣馬さん、鈴島さんの遭難した早月尾根はどっちの方向なの」

陣馬は黙ってゆびを雪の中へさした。

千賀子は彼女のルックから箱に入れて持って来た生花の一束を取り出して、左手に持ち、スキーのストックを片手に持って雪の上を歩き出した。

彼女の気持を察したのか誰も後を追わなかった。千賀子の黄色いアノラックが雪の中にかくれてしばらくしてから、泣き声が聞えた。

雪が激しく降りだした。

千賀子は花に向かって泣いた。

(鈴島さん、あなたは何故私を残して死んだのです。結婚前に、駒草ルンゼ冬季初登攀の記録を作りたい、結婚したら、もう危険な岩登りはやらない、これが僕の最後の登攀だ。そういって出発して、それが最後になったんです)

千賀子のすすり泣きは彼女ひとりのものだった。雪が彼女と、彼女の前に置かれた花束に降りそそいでいた。

彼女は雪の降る中で初めて鈴島保太郎と唇を合せた日のことを想い出していた。一カ月前である。千賀子は鈴島保太郎と共にスキーに行った。スキー宿はひどく混雑していた。別々に一室を得ることは望めなかったし、見ず知らずの人と相宿を取る気にもなれなかった。二人が躊躇している間に、宿の方は二人のために一室を明けた。

（登山家ならば、たとえ若い男女が同じ寝袋の中に寝てもなにごとも起らない）

それは登山家たちの間でよく言われていることであり、或る程度信のおけることであった。しかし、その場所は山小屋でも、野営のテントの中でも、雪洞の中でも洞窟の中でもなかった。千賀子は鈴島保太郎の腕に抱きしめられながら、これから行われようとすることが初めてでないという自覚が、激烈な反抗のなかにわずかの許容を見せていた。

彼女は鈴島保太郎を許した。彼女が四肢から力を抜いた時、京松弘の幻影が彼女から去った。

彼女は決して後悔はしなかった。当然そうなるべきことが、いくらか時間が早すぎた感じだった。そうなることは心のどこかでは勘定に入れてのスキー行でもあった。彼女は鈴島保太郎に抱かれながら、山男に愛され、山男以外の男を愛することのできない、彼女の廻り合せを考えていた。山男の体臭の中に雪の降る音が聞えていた。

　その後も二人の交渉は密かに続けられていた。駒草ルンゼ攻撃から帰って来たら、二人の結婚を山男の仲間に発表しようというのが二人の間で決められていた。

「鈴島さん、あなたは死んだ、あなたは黙って死んでいった」

　千賀子はずっと遠くの雪の中に眠っている鈴島保太郎にそういった。

（黙って死んだ）

　彼女は自らの唇から出たその言葉について、驚くべき反応が彼女の体内に起りつつあるのを感じた。京松弘が死んだ時もそうだった。京松弘は死ぬまで彼女との関係は誰にも話さなかった。鈴島保太郎もそうだった。鈴島保太郎の日記帳には、彼女との関係は書いてなかった。

（私だけが知っている）

　その発見は悲しみの中に突然湧き出した、倒錯した喜びだった。

「千賀子さん、さあ帰ろう……」

　千賀子を心配して来た陣馬辰次が彼女の肩に手を廻して言った。

「鈴島は僕等の山岳会でいい指導者だった。ねえ千賀子さん、山男が山で死ぬことは悲しむべきことではないと思う。感傷の涙よりも、僕等は彼等のために祝福の涙を流すべきじゃあないでしょうか」

千賀子の涙を同じ山岳会の会員の死に対する感傷の涙と見ている陣馬辰次に対して、千賀子は、ハンカチから眼を離して言った。

「そうだわね、陣馬さん、感傷の涙より、山男が山で死んだことを喜んで上げるべきだったわ、でもやっぱり悲しい」

彼女は陣馬に肩を抱かれたまま、雪の中を歩いていた。感傷の涙だと嘘(うそ)をついた時から千賀子の中の鈴島保太郎は千賀子からは去りつつあった。

誰も知らなかったということが、千賀子と鈴島保太郎の関係を他人の立場に置こうとした。

彼女は涙を拭(ぬぐ)ってから冷酷に黙りこくった。千賀子の真紅に塗ったルージュが雪の中に咲いている凍った花に見えた。

5

蛭川一郎は木塚健の話を黙って最後まで聞いてから、

「要するに君は誰かが故意に雪崩(なだれ)を起して、鈴島保太郎を殺したと言いたいのだね」

「そのように考えられるのです」

「疑えばなんだっておかしく思えてくるものだ。はっきりした物的証拠がないかぎり、僕は人を疑うのはいやだね、山男は山男らしく綺麗(きれい)に死なせてやりたい、それに僕は山で死んだ、弟の繁夫の縁で君達の作った山岳会の会長にまつり上げられたばかりだ。僕の会から人殺しは出したくないね、警察で雪崩による遭難死と認めれば、それ以上詮索(せんさく)はしたくない……」

「はっきりした証拠が出たらどうします」

「そうなれば別だ。この前の弟の繁夫の時もそうだったが、最後まで、山の裁きは山男だけでつけるように努力する、しかし、慎重を要する。京松弘の場合だって、今猶(なお)、彼が本当に繁夫を殺したかどうかは疑問なんだ。アイゼンのひもは確かに切れたが、落石は別問題だったとも言える。京松弘のような山男は、アイゼンのひもにオキシフルを塗ったということだけで、自分が犯人だと自覚して死んだ。思い過しだったかも知れない」

「証拠はこれです」

木塚健はテーブルの上の二つの携帯燃料の罐のうち、アメリカ軍放出の携燃の罐を指さして言った。

「ゾロメキ発電所の登山者名簿に書いてある早月尾根を登った他の二つの山岳会に当

ってみましたが、どのパーティーもアメリカ軍放出の携燃は使っていません。隣に雪洞を掘ったパーティーの使っていた携燃はリス印です。この罐の中身を分析して貰った結果、中に青酸加里が含まれていました」

「なんだって……」

蛭川一郎はきっとなって木塚健の顔を見た。なぜそれを早く言わなかったのかと責めている顔だった。

「この二つの罐を持って、この前、アイゼンのひものことで御厄介になった化学会社の赤池俊助氏に分析を依頼したのです。青酸加里がこの携燃の中にあったということは、これに火をつけて、青酸ガスを発生させて、人を殺そうとした意図があると考えられる……」

「殺せるのか、それで……」

「むずかしい化学式を書いて説明されて、よく分らなかったけれど、この方法では無理だろうということでした。僕の考えるには、化学の常識がそう豊かではない男が、そう試みたのか、青酸加里を携燃のあき罐の中に入れて持ち歩いていて、毒殺の機会を狙っていたか……」

「鈴島保太郎は雪崩で死んだのだ。毒殺されたのではない」

「毒殺されてから雪崩が起きたと考えられないこともない」

木塚健はそれで言葉を切って、蛭川一郎の前に一枚の紙片を拡(ひろ)げた。

細かい字でぎっしり字が書き込んであった。

六人の行動

一、曽根崎　清　木塚健と同一行動、雪崩を予知していた。
一、寺林　百平　雪崩の起る三十分前に雪洞を出ている。
一、陣馬　辰次　雪崩の直前に、頭痛を感じて雪洞を出た。
一、高森為之助　雪崩の起る約一時間前に外へ新しい空気を吸いに出た。
一、狩岡　友好　寺林百平が雪洞を出た数分後に鈴島と陣馬の居る雪洞を訪れた。
鈴島は寝ていた。陣馬は狩岡との話し中に一度だけ雪洞を出た。
一、鈴島保太郎　雪洞の中で寝袋(シュラーフ)に入っていた。

雪洞内部の状況

一、寺林百平の言
雪洞の天井から露は落ちていたが、雪洞がつぶれるような心配はなかった。中央にローソクが一本立ててあった。

一、陣馬辰次の言

雪洞の内部については寺林百平の言と一致。寺林百平が雪洞を出てから間もなく息苦しさを感じた。こういうことは雪洞の中では炭酸ガスの充満のために、よく起ることだ。彼は狩岡友好が帰った後鈴島保太郎に声をかけてから外へ出た。鈴島はよく眠っていた。

雪崩についての考察

一、自然に起きた。

一、雪洞の内部で燃料を使ったことによって、雪洞の強度を弱めた。

一、雪洞上部の雪庇を落す方法について特殊の方法を取った。

鈴島保太郎の死因

一、陣馬辰次が雪洞を出るとき、すでに鈴島保太郎は何等かの原因（ガス中毒、あるいは毒物の摂取）によって死の一歩手前にいた。

一、雪崩による死。

蛭川一郎が木塚健の書いた紙片から眼を離した時には、彼の心の中で一つの決定がなされた後だった。

「僕は登山家仲間には本当の意味の悪人はいないと今でも考えたい。だがどうやら理想にだけ止(とど)まってはおられないようだ。それで君は犯人についてなにか心当りがあるのか」

「ありません。僕と一緒にいた曽根崎以外は全部が犯人に見えます」

「ほほう、曽根崎だけは完全に白に出来るかね、僕が探偵だったら、まず第一に、一番くさくない男から疑ってかかるね」

蛭川一郎は空虚な笑い方をしてから、木塚健に鋭い眼を向けて言った。

「この犯人を探すには青酸加里の出どころと、殺人の動機を探す以外に方法はない。雪が解けて、彼の死体と共に何等かの物的証拠が出るまでに、一人一人を洗いたてるのだ」

蛭川一郎は窓に眼を向けた。庭には春が訪れつつあった。蛭川一郎の表情は動かない。

6

蛭川一郎が鈴島保太郎の勤めていた会社に瀬田正一を訪ねて得られたものは過少だった。鈴島保太郎は無口で、三十五歳になってまだ独身、山に憑かれた男、睡眠薬を時々使っていた。九州に兄がいる。それ等のことはすでに蛭川一郎が知っていることだった。

「会社に入る前は……」

「軍隊にいました。その関係で私は彼のことを知っているのです。鈴島保太郎も僕も衛生兵だったんです。終戦の時、彼は確か満州の病院に居た筈です。その頃の事をよく知っている男がいますが、紹介しましょうか、しかし……」

と、瀬田正一は言葉を切ってから、

「私が紹介する菅野高夫という男は、ものすごく変っていますから、気をつけて下さいよ。酒飲みです」

瀬田正一は紹介状を書いた。

菅野高夫は町工場の旋盤工だった。

「なにか用ですか」

菅野高夫は刃をグラインダーに掛けている手を止めて言った。

「ちょっとお聞きしたいことがあるのですが」

「仕事中だ、さっさと言ってくれ」

入って行きたくとも、工場は狭いし、それに機械の音で話も出来そうになかった。

彼は瀬田正一から紹介されて、鈴島保太郎のことを聞きに来たと言った。

「なにっ！　鈴島保太郎、あの人殺し野郎のことを聞きたいのか」

　菅野高夫は仕事の手をやめて、旋盤の間を縫って近寄って来た。人殺し野郎というおだやかでない言葉を菅野が使っても、工員たちは知らん顔をしているところを見ると、菅野はこんなことばを常用しているもののようにも思われた。

「鈴島保太郎が軍隊に居た頃のことをお聞きしたいのです」

　蛭川一郎は用意して来たウイスキーの壜二本を、菅野高夫の前に出して言った。

「鈴島保太郎のことを聞いてどうするんです」

「鈴島は山で死にました」

「死んだ。あいつがね、殺してやりたい奴だったが、死んでしまったらもうどうしようもない」

　菅野高夫はちょっと声を落して、顎を外に向けてしゃくった。工場のへいを背にして、枯草の上に腰をすえると、前の工場の屋根に陽炎が見えていた。

菅野高夫に言わせると、鈴島保太郎という男は悪虐無道の男だった。終戦当時、鈴島はソ、満、鮮の国境に近い延吉の病院に衛生兵としていた。病院といっても、日本人捕虜収容所の内部に設けられたもので、医療設備は不備であった。終戦の年の冬を迎えると、殆ど荒廃し、名ばかりの病院となった。医薬品はなかった。患者の大部分は栄養失調で、病院はその病状によって三つに分れていた。第三病棟は墓場と直結していた。

第三病棟に入れられた患者で、第二病棟に復帰できる者は殆どなかった。鈴島保太郎は第三病棟を受持っている伍長であった。

「鬼のような奴でしたよ、あいつは。夕刻になると、病棟の二段式ベッドに寝ている患者の毛布を引張って歩くんです。毛布にしがみついておられるだけの力がある奴はそのままにしておく。毛布を鈴島の手から引張り返す力のない男は、そのまま毛布を奪われて翌朝までに凍死するのです」

菅野高夫はその当時のことを思い浮かべたのか、言葉が怒りにふるえていた。

「鈴島は病人から奪い取った毛布を売って、肉を食い、酒をのみ、白米を食って生きて来たのです」

「鈴島はそんな男でしたか。それであなたはよくその病棟から……」

「そのままで居たら殺されると分ったから、どうやら動くことの出来る戦友達と、しめし合せて、雪の中を這いながら、第二病棟まで脱走したのです。鈴島はその事件の直後に、丘を越えて一つ向うの病院に配置がえになったが、そこで看護婦を孕ませて殺した」

「殺した？」

「いや、自分の子だと認めなかったから、女は自殺したんです」

「その女の名前は」

「さあ……」

菅野高夫は坐っている足元に生えている、芽を出したばかりの草をむしり取りながら、

「ひどかった。まるで地獄でしたよ、春になって草が芽を出すと、片っぱしから、つみとって、食ったものです……」

菅野は話すのをやめて、眼を遠くにやった。

「菅野さん、妙なことをおたずねしますが、その病棟に居たあなたの戦友の中に、これから私のいう名前の男がいたかどうか思い出して頂けませんか。鈴島保太郎……こ

れはいい、次に陣馬辰次、寺林百平、木塚健、曽根崎清、高森為之助、狩岡友好」

菅野がおうっというような声を上げて、蛭川一郎の言葉をさえぎった。

「狩岡友好ですか」

「ちがう、高森為之助だ。為公と呼んでいた。そいつも第三病棟からの脱走組の一人だ。あなたは高森為之助をどうして知っているのです……」

そう言って蛭川一郎をのぞき込む菅野高夫の眼は、乱酒がたたったのか血走って見えていた。

「山で会ったことがある、彼は登山家です」

「登山家？ それは初耳だね。山のことは知らないが、あいつは鍍金(メッキ)にかけちゃあ相当な腕を持った奴ですよ」

菅野が言った鍍金という言葉が蛭川一郎の心の中でカチンと鳴った。

赤池俊助が電話でおしえてくれた、

〈そうだね、青酸加里をよく使う工業といえば鍍金、金属の焼き入れ、オフセット、こんなものが一般的だ……〉

その言葉を思い出しながら、蛭川一郎は、この事件は案外早く片がつくような気がした。

7

蛭川一郎と木塚健はたえず情報を交換し合っていた。二人だけの密かな調査が始まると、次々と新しい事実が現われてくる。それらのことがらの全部が鈴島保太郎の死に直結しているようでもあるし、全部が偶合のようにも考えられる。

「陣馬辰次のことを聞こうか」

蛭川一郎は木塚健に言った。

「陣馬辰次と夏原千賀子さんの関係について調べたところでは……」

木塚健がノートを出した。

「夏原千賀子にだけさんをつけたね……」

「千賀子さんは絶対に白だから、容疑者扱いにしたくはないのです」

「まあいいさ、それで」

蛭川一郎は木塚健のノートをのぞき込んだ。

「最近、千賀子さんと交際していた男達の名前を点数順に並べると次のとおりになる」

木塚健はノートを蛭川一郎の前に出した。

「なんだ、一体これは」

蛭川一郎は眼を丸くした。

「千賀子さんの勤めている会社で彼女の隣の席にいる女から聞いたことを参考としたものです。この女は千賀子さんと仲が悪い。女ってものは自分より少しでも美しい女には理由のない敵意を持つものらしい。結婚調査だと言ったら、なんでもべらべらしゃべってしまった。鈴島保太郎と陣馬辰次からほとんど同数の電話があった。その回数がそれぞれ約十回……」

「表に書いてある、僕のこの十点はみんなで丹沢山へ行った時の十点なんだな。なるほど山に点数を多くしたあたりは、やっぱり君は山男なんだな……それで君の電話の二回はなにを話したんだ」

「蛭川さん、からかっちゃこまります。表は一応の参考です。誰が一番千賀子さんに熱を上げているかの傾向を示す数字です」

「当てにはならん」

「じゃあ他になにがあります。千賀子さんの部屋へしのび込んでラブレターの数でも調べますか。要するに鈴島保太郎と陣馬辰次は千賀子さんを間においてライバルだったのです。千賀子さんはどちらかと言えば、鈴島保太郎の方に心は動いていたようです。バンバ島小屋まで花を持っていった彼女を見てもお分りでしょう」

「それで？」

「蛭川さんが言う殺人の動機が陣馬辰次にあったとすれば恋です。鈴島保太郎を殺せば、彼女は陣馬辰次のものになると考えて、鈴島が雪洞の中で眠っているのを見て、

氏名	点数	電話回数	山行回数
鈴島保太郎	五〇	約一〇	三
陣馬辰次	五〇	約一〇	三
木塚健	一四	二	一
蛭川一郎	一〇	—	一
曽根崎清	六	約三	—
寺林百平	〇	—	—

採点根拠
電話一回につき　二点
山への同行一回につき　一〇点

外に出て雪崩を起したとも考えられる。雪崩の直前に気持が悪くなって外へ出たなどというのは、うそかも知れない」

「かも知れないじゃあ困る。どうやって殺したのだ」

「それは分らない……」

「想像だけでは危ない、陣馬辰次のその後の様子はどうだ」

「それですよ、彼は昨夜も千賀子さんを食事に誘った」

「後をつけたんだね……」

蛭川一郎はいやな顔をした。たとえ真相を究明するためであっても、人を疑っての尾行は、蛭川一郎の心を暗くした。

「毒印(ポイゾン)の携燃の出どころについては」

蛭川一郎は話題をかえた。

「携燃は、アメリカ軍の放出品として、広く出廻っています。僕だって前に使ったことはある。どの山岳会にだって、空罐の一つや二つはあります」

「青酸加里の方は……」

「陣馬辰次は工業・薬品問屋、寺林百平は大学の研究室、曽根崎清は鉄工場、それぞれ青酸加里を手に入れようと思えば、得られるところに勤めています。しかし蛭川さん、青酸加里なんていう薬品はハンコを持っていって名前さえ書けば、どこの薬局でも売ってくれるんですよ。要するに青酸加里なんていうものは、そう珍しいものではない」

「珍しくはないが、きわめて危険な毒物だ。そんなものをなぜ携燃の空罐なんかに入れて山へ持っていく必要があるのだ」

「蛭川さんは、あくまで鈴島の死因を雪崩の起る前の毒殺……」

木塚がそう言いかけるのに、蛭川一郎は大きく首を振って、

「そうは断定していない。今のところ物的の手掛りとしては青酸加里しかないだろう。だから、物としては青酸加里を追い、人はその動機を追う、それしか手はないのだ」

しばらく二人の間に沈黙がつづいた。

蛭川一郎はテーブルの上の、木塚健の調べて来た、高森為之助と狩岡友好の所属する山岳会の内容と二人の山歴にざっと眼を通した。そう名の知れた山岳会ではなかった。

大きな山岳会から分裂して出来た少人数の山岳会だったが、二人の山歴は相当のものであった。

玄関のベルが鳴った。書留速達ですという声がした。蛭川一郎の妻の正子が一通の

封書を応接間に持って来て、

「どう、犯人は分ったの」

正子が夫の蛭川一郎に笑いかけた。

「そう簡単に分ってたまるものか」

蛭川一郎は正子に向かってそう言いながら、私立探偵社から送られて来た手紙の封を切った。狩岡友好に関する調査書であった。原籍、年齢、家族、勤務先、それはごく平凡な調べであった。

趣味として登山と書いて、どういうつもりか、そこに赤線が引いてあった。

「おや、その人には姉さんがあったのね」

正子が調書を覗き込んで言った。

「戦時中、陸軍看護婦、終戦後満州で死亡」

彼女は小声でそれを読んでから、夫の一郎に、

「菅野という人が話した終戦後の満州の病院と、なにか関係がありそうですわね……」

蛭川一郎は妻の正子に平手で一発食わされたような感じだった。妻の推理が彼よりもずっと先に飛躍していることに、いささか彼は腹を立てた。腹を立てながらも、蛭

川一郎は狩岡友好の職業の欄に眼を向けていた。

オフセット工場勤務。

蛭川一郎は、鈴島保太郎の遭難に関係ある者全部が、青酸加里を使用する職場に関係あることの偶合にひどく戸惑った。

（容疑者の全部が青酸加里に対して、同一の条件だったとすれば――あとは動機だ、それぞれの動機のうち、最も必然性のあるものが、鈴島を殺したかも知れない）

「どう、名警部蛭川一郎、そして名刑事木塚健さん、犯人は見えて……」

正子がそういって、なめるような眼を二人に向けた。夫の一郎を警部にして、木塚健を刑事に見立てた正子の言い方に、木塚健はちょっといやな顔をした。蛭川一郎は思考の中に、突然飛び込んで来た妻の揶揄の言葉をとらえて、

「お前行って調べて来るか」

と言った。いやだと言うに違いない。そうしたら、男のしていることに口出しをせず引込んでいろと言ってやろうと思っていた。

「私でよかったら、明日にでも、その狩岡友好さんのお母さんをお訪ねしましょう」

正子はむしろ冷やかな顔で言った。蛭川一郎は妻の正子がこの問題に多分に興味を持っていたことに驚きながらも、妻の心にそういう探索趣味のあることを喜ばなかっ

た。彼は妻の顔に一種の怒りに近い眼を向けて言った。

「うまくやれる自信があるのか」

彼女はそれに微笑をもって応えていた。

8

ひどく曲りくねった迷路のような小路の奥に狩岡友好の家があった。

蛭川正子は表札を見上げて、持って来た菓子包を持ちかえ、ちょっとためらってから戸をあけた。老婆が出て来た。なにかつくろいものでもしていたのか、眼鏡をかけていた。

「初めまして、わたし原と申します、狩岡アサミさんと満州の病院で一緒に勤めていたことのある……」

老婆が驚いたような顔をした。娘と一緒に勤めていたという立派な服装をした女が突然訪ねて来てくれたことを、どう解釈していいか迷っている顔だった。

「全く偶然にお宅のことを知ったのです。アサミさんとは仲よしでしたから、是非お線香でも上げたいと思いまして」

彼女はうそを言った。言ったうそに、まあまあと応じて来る老婆にすまないとは思いながら、大きな菓子包を出した。

この家にはふさわしくない大きな仏壇があった。正子は、線香を上げて手を合せてから、老婆とむき合って坐った。

彼女は老婆の前で、本当にアサミと同僚であるかの如きふるまいを見せるために、戦争中の陸軍の看護婦についての知識を他人から聞いて用意して来たが、その必要はなかった。老婆は彼女を初めから信じ込んでいた。話し出すと、とめどがなかった。老婆一人のぐちであった。

「本当に鈴島保太郎という人はひどい人でした……」

蛭川正子は用意して来た言葉を老婆の話の中に加えた。これを言うための訪問だった。正子は老婆の表情をうかがった。

「あなたは、そのことまで御存知でしたか……」

老婆は娘のアサミの死の原因を知っている女客にはうそは言えなかった。人から聞いた話であったが、老婆は鈴島保太郎の子供を孕んで、娘が毒をのんで死なねばならなかった立場を弁護した。

老婆のぐちはいつまでも続いた。同じことの繰返しであった。

正子が立とうとすると、老婆は息子が間もなく帰って来るからと引きとめた。そうなると、ことはかえって面倒になる。蛭川正子は他に用があるからと、無理に腰を上げた。

彼女が玄関を出るとほとんど同時ぐらいに狩岡友好が帰宅した。正子はちょっと軽く頭を下げて外へ出た。

彼女が狭い小路を抜けて、通りにでてタクシーを摑えた時だった。

「お宅まで御一緒に願います」

そばに狩岡友好が立っていた。

「私は原……」

「原でも蛭川でもなんでもいいのです。僕のことを調査している御本人の前で全部お話ししましょう、その方がお互いに面倒がなくていいんじゃないでしょうか」

彼女は狩岡友好を同道して自宅に帰り、蛭川一郎に電話をかけた。蛭川一郎が会社から帰るまでの小一時間、狩岡友好は一言もしゃべらなかった。出された菓子にも茶にも手を出さなかった。

蛭川一郎は妻の正子のやったへまを叱るつもりはなかった。こうなればこうなったで方法は別にあろうと考えていた。

「あなたが私立探偵社を使って僕の身元を調査していることは知っていましたが、奥さんを使って、私の母をだましてまで聞き出そうとする悪辣（あくらつ）なやり方には驚きましたね。あなたも山岳会の会長をしているんだし、山男の気持もお分りでしょう、なぜ率直に僕に聞いてくれないのです」

狩岡友好は話し出した。

狩岡は、鈴島保太郎を、姉を死に至らしめた男であるというほかに登山家として知っていた。ゾロメキ発電所の名簿で、鈴島が先行して行くパーティーの中にいることを知った時、狩岡友好は、この偶合こそ、死んだ姉の引き合せのような気がした。

「殺意はありました。だが五日間の雪がやんだ日に隣の雪洞を訪れ、寝袋（シュラーフ）に眠っている鈴島保太郎の顔を見ると、私の殺意はなくなりました。鈴島は私の想像していたような鬼のような男ではなく、ただの登山家だったのです。私も登山家のつもりです。登山家が登山家を山で殺すことは出来ません。私はあきらめて外へ出たのです」

狩岡友好は話を止（や）めて、改めて蛭川一郎に言った。

「山の遭難事故を犯罪として疑うならば、ほとんどの事故がそのように考えられるのです。たとえば、こういう推理も成立する。私が鈴島保太郎の雪洞を訪ねようと、私達の雪洞を出たとき、寺林百平が雪庇（せっぴ）の方からおりてくるのをみましたよ、それから三十分後に雪崩は起った。寺林百平が雪庇になにかの仕掛けをしてから、尾根を降りて行ったと考えられないこともない。それからあの陣馬辰次の倒れた位置は、雪洞の入口から逃げ出て倒れたというよりも、雪洞の上部を斜め横に走りながら倒れたといった方が、地形的には合ったような位置にいました。寺林百平が、時間を遅らせて雪崩をおこし、陣馬辰次が雪洞の上を踏みつけ、雪洞の中の鈴島保太郎を殺そうとし、雪崩を誘発したと考えた方がより至当ではないでしょうか。しかし、これ等の考えは登山家の中に悪人がいると仮定した場合のことで、おそらく今度の場合、冬季駒草ルンゼ初登攀(はつとうはん)を狙(ねら)うような登山家の中には、悪人がいないと考えた方がいいでしょう。登山家に悪人はいない。その原則は破りたくない……」

狩岡友好はそれだけ言ってから、これ以上自分の身元を調査するのをやめてくれ、と言って立ち上がった。

「よく分りました。私自身も登山家には悪人はいないと考えたい。その考え方に誤りがないことを証明するために調べているのです。最後に一つだけお尋ねしたいことがありますが、あなたとパーティーを組んであなたを早月尾根に誘った高森為之助は終戦後、鈴島保太郎の居た捕虜収容所の病院で、鈴島に痛めつけられた被害者の一人だったのです。御存知ですか」

「あの高森さんが？……」

狩岡友好は初めて知ったという顔だった。

「驚いたでしょう。あなたと同じように、鈴島保太郎を殺したいほど憎んでいる男です」

「高森さんが鈴島保太郎を殺したと言うんですか。見当違いだ。憎んでいたとしても、彼が登山家である以上、山で人を殺す筈がない」

狩岡は怒りをたたきつけるようにして、帰っていった。

その夜八時頃電話があった。

「蛭川一郎探偵事務所ですか」

冷たい声だった。咽喉(のど)の奥から、わざとしぼりだすような声だった。

「誰ですか、あなたは」

電話の向うで笑い声がした。

「失礼いたしました、寺林百平です」

寺林の声にかえった。

「あなたと、木塚健のお二人で鈴島保太郎の遭難事件を調べておられることは、吾々(われわれ)の山岳会の者はたいがい知っていますよ。僕も陣馬辰次も、曽根崎清も、容疑者の一人として数えられているらしい。どうぞ御勝手にお調べ下さい。山では犯罪が起らない。登山家に悪人はいないという迷信を打ち破るために努力されていることは大へん結構なことです。しかし、この前の京松弘のこともあります。あなたは京松弘が蛭川繁夫を殺したのだと断言できますか、彼は単にアイゼンのひもにオキシフルを塗っただけですよ、彼はそのことを、あなたと木塚に指摘されたがために自殺した。……聞いていますか、蛭川さん、あの事件では僕自身もあなたの刑事役を務めて、鈴島保太郎を疑っていた。彼が登攀ルート図に書き込んだ×印だけで、あやうく鈴島保太郎を蛭川繁夫の殺人犯に仕立てあげようとした。おそろしいことです。登山家が登山家を信用できないということは登山家の敗北です」

電話を通して、雑音が聞えていた。

「どこで電話を掛けているのだね」

「ビヤホールからです」

「一人か」

「曽根崎清と一緒です。曽根崎の代弁者として、うちの山岳会長のあなたに電話を掛けているのです。曽根崎清は、一昨年、谷川岳で遭難しかけた時、高森為之助に厄介になったんです。今度僕等の駒草ルンゼ攻撃のことは、曽根崎の口から高森為之助の耳に入っていたのです」

「なぜ曽根崎は黙っていた？……」

「われわれはいちいち他の山岳会の動向を会長に知らせる義務はない。それに、目的は難攻不落の名城、駒草ルンゼです。どこの山岳会がやろうと勝手でしょう」

「われわれという意味は、君も知っていたという意味なのか」

「いや僕は、今夜曽根崎に聞いて知ったのです。曽根崎がひどくそのことを気にしているから電話を掛けたのです。これで曽根崎もさっぱりするでしょう」

「分った、曽根崎君を電話に出してくれ」

だが、曽根崎は電話に出ずに、曽根崎と寺林百平となにか小さい声で話している気配が感じられた。寺林がまた電話に出た。

「曽根崎は電話に出るのを好まないようです。彼は登山家を悪人に仕立て上げようとするあなたと、木塚健をひどく嫌っている。勿論（もちろん）あなたの会には止らないでしょう。僕ですか、僕はやめませんよ、木塚健のような頭脳（あたま）の血のめぐりの悪い男がはばを利（き）かせている山岳会であっても、僕にとっては思い出深い山岳会ですからね」

アルコールのせいだなと蛭川一郎は思った。ビールが寺林百平を雄弁にさせているのだと寺林百平を許してやりながら、このいささか調子に乗りすぎている寺林百平から、なにか一言でも遭難事件に関係する秘密を聞き出したかった。

「寺林君、明晩うちへ来ないか、木塚君もよぶから」

「なにか掘り出そうというんでしょう、だめだめ、あなたが使っている木塚健という馬鹿犬ではなにも嗅ぎ当てられない。携燃の中の青酸加里のにおいなど、嗅ぎ分けられるものですか」

「なぜ君が青酸加里のことを知っているのだ」

蛭川一郎は電話に食いつくような声を出した。木塚健と自分しか知らない秘密を、寺林百平が知っているとすれば、寺林こそ――。蛭川一郎は寺林百平の答を待った。

電話で寺林百平が笑い出した。

「赤池俊助氏は僕の先輩ですよ、蛭川さん、あの木塚健のおっちょこちょいが、携燃の罐の内容物を分析に来たことは、赤池さんから聞いて知っていますよ」

寺林の言葉はそこで切れた。誰か電話室の外にいる人と話している様子だった。すぐです、すぐ終りますと言っている様子だった。

「最後に一言、お知らせしておきましょう、鈴島保太郎が山の昆虫採集に熱を入れていたことを御存知でしょう、虫も殺さないような顔をしている男が虫を殺す……その虫を殺すのには毒壺を持って歩く、その中に入れるのが青酸加里ですよ」

寺林百平の爆笑がだんだんと遠のいていって、やがて電話が切れた。

9

五月の連休を利用して、早月尾根の遭難現場へ行こうと言い出したのは、三月の雪崩事故に関係した男達全部の希望であった。

雪崩の危険はまだあった。それにもかかわらず、なるべく早く鈴島保太郎の遺体を発見したいという考えは、生死を共にする山男たちの悲願でもあった。

蛭川一郎と木塚健は、出発を前にして、いつも落ち合うビルの三階の喫茶店で、最後の打ち合せをした。

「一応はまとめてみました」

木塚健は上衣(うわぎ)の内ポケットから四つに畳んだ紙片を取り出して、蛭川一郎の前にひろげて見せた。

「君は表を作ることが好きなんだね」

蛭川一郎はそういいながら木塚健の作成した表に眼を投げた。

「要するにこの表にかかげられている者全部があやしいということなんだな、曽根崎清はどうなんだ」

「彼だけは白です」

容疑者氏名	殺人の動機	殺人の方法
鈴島保太郎	厭世自殺	青酸加里服用
陣馬辰次	嫉妬	青酸加里 又は雪洞崩壊
寺林百平	不明	雪崩作成
高森為之助	怨恨	雪崩作成
狩岡友好	怨恨	青酸加里使用又は雪崩作成

「直接手は下さないとしても、彼は高森為之助に情報を提供している。高森のことを知っていながら、知らない顔をしていた。僕は案外曽根崎が秘密を握っているような気がしてならない。曽根崎が遭難事故となんのかかわりもなかったとしたら、鈴島保太郎の死因は自然に発生した雪崩事故による死と見るよりほかはないと思う。つまり関係者は全部白ということになる。僕はむしろそうであってほしい」

蛭川一郎は言葉を切って、窓の外を見た。アドバルーンがビル街を背景にして浮いていた。

「そう考えられる根拠は？」

「根拠はなにもない、ただそんな直感がするんだ」

更に蛭川一郎は木塚健の方へ身体を乗り出すようにして小声で、

「今度の現場捜索で、君が最も眼をつけるのは、曽根崎清だ。いいかね、あの男の一挙手一投足に鋭く眼を配っていたらきっとなにかが得られる。僕の年輩では、現場まで行くのは無理だ、山の裁判は君がやるのだ。だが、気をつけろよ、彼等は君をひどく憎んでいるぞ……」

蛭川一郎は立ち上がった。

陣馬辰次をリーダーとする木塚健、寺林百平、曽根崎清の四名と、高森為之助と狩岡友好の二名を含めた六人は、星を戴いてバンバ島小屋を出発した。ほとんど無口だった。互いに他人の行動を監視しながら、自分自身に向けられている眼を警戒した。気まずい空気が彼等を個々にし、白け果てた感情が彼等を現場に急がせた。

彼等は雪をふみながら、池の谷から、池の谷右俣に足を踏みこんでいった。

山は彼等が三月に見た時の状態とちがっていた。その後に、何度か雪が降り、風が吹き、晴れたり曇ったりした。大小無数の雪崩（なだれ）は谷を埋め、その重量によって移動した。

鈴島保太郎を呑（の）みこんだ雪崩の残雪塊（デブリ）もそのままの形ではあり得なかった。

「なにか発見したら大きな声で知らせるのだ」

陣馬辰次は自分たちのパーティーにそう言ってから、高森為之助と狩岡友好の二人には、ずっと丁寧な言葉でお願いしますと言った。

彼等は一列横隊になって、残雪塊の後を静かに移動していった。

木塚健は曽根崎清に特別に眼を配るつもりはなかった。蛭川一郎にそうしろと指示されたが、木塚は彼自身の考えを持っていた。彼は一列横隊になって残雪塊を越えていく陣馬辰次、寺林百平、曽根崎清、高森為之助、狩岡友好の五人からややおくれた位置から、全体を監視する格好で進んでいった。

木塚健が意識的にしんがりをつとめながら、背後から詮索（せんさく）の眼を向けていることを五人の山男が感じ取らない筈はない。彼等は、木塚健のそういう態度に対する反抗の気持を行動に現わした。木塚がおくれようとすると、彼等も前進を停止した。

陣馬辰次が、木塚健にトップに立つように言ったのも、五人の気持を察したからにちがいない。陣馬辰次は一列横隊前進をやめて、木塚健をトップとして、くさび形に男達を配置した。

　鈴島保太郎がどの辺に埋まっているか、全然見当はつかなかった。三月の事故の後に幾度か雪が降り、雪崩もあった。雪が消える六月末まで待たねば、捜索は無意味のように思われた。

　時間に制限があった。バンバ島小屋までの往復時間をかんじょうに入れて、捜索時間は二時間しか与えられなかった。

　なに一つ遺品らしいものは見当らなかった。天気はよく、右に早月尾根、左に剣尾根、正面上部に剣岳が白く光って見えていた。

　六名は彼等の判断で、このあたりと思われる残雪塊の上に、夏原千賀子から贈られた花束をおいた。東京は春だったが、ここはまだ冬であった。

　雪の中から咲き出たように、赤い花びらは風にゆれたが、そのいくつかは、そのまま散った。寒冷の大気の中に花は赤さだけ残して、すでにこごえていた。

　六名は引返すことにきめた。

「鈴島君にはつらいだろうが、もう一カ月、そのまま眠っていて貰おう」

　リーダーの陣馬辰次が言った。

　そのままの隊形で一行は廻れ右をした。帰らねばならない時刻だった。

木塚健は最後尾をゆっくり下っていった。なんの遺品も発見されないことが、男達全部を白にしたようにさえ思われる。

（山では犯罪は行われない。鈴島保太郎の死因は自然に発生した雪崩である）

彼はそう考えようとしたが、彼の内部で反対をとなえている自分自身の声に、幾度か彼は立ち止った。未練がましく、眼を周囲に投げた。一冬の間の自然現象が、春を飛び越して夏に向かっていた。水は見えないが、どこかで水の流れる音がしていた。それが木塚健には鈴島保太郎の囁き（ささや）きに聞えた。ずっと深い雪の中で、鈴島がなにかを訴えようとしている声に聞えた。

彼はすでに隊列を乱して下っていく五名の男達の一人一人の背後にもう一度眼をやった。誰もが帰路を急いでいる姿だった。一つの義務的な捜索登山を終えて、バンバ島小屋へ急いでいる姿勢だった。

（あの中の一人が鈴島保太郎を殺したのだ）

木塚健は強いてそう考えようとした。

（誰が？　誰がそうしたのだ）

それは分らない。五人が五人とも同じような犯罪の要素を持っていながら、きめてのないままに逃れていく姿であった。

曽根崎清が雪の中で滑って転んだ。直ぐ立ち上がった曽根崎は、二、三歩行ってから立ち止った。彼が彼の左前方の残雪塊のあたりに眼を向けていることは明らかだった。曽根崎はそちらに向きをかえた。残雪塊のところで彼はなにかを踏みつけた。右足をやや大きく踏み出して、それに体重をかけたあたりが、不自然だった。曽根崎は残雪塊を越えてから、周囲の男達に目を配った。

木塚健が、曽根崎が踏みつけた足跡から、携燃の罐を掘り出したのは、それから数分後だった。

彼は全員に声をかけて呼び集めた。五人の眼が木塚健の手にしているクマ印の携燃の罐にそそがれた。

「おい曽根崎君、なぜこの携燃の罐をふみつけたのだ。踏みつけて見えなくしようとしたのだ」

曽根崎清がなにか弁解しようとしたが、とっさにはその言葉が見つからないのか、まごまごしていた。

「このクマ印の携燃は吾々パーティーの持って来たものだ。雪崩と共に押し流されて、この辺にあったとしても、そうおかしくはない。それなのに君はこれをかくそうとした。その理由を聞こう」

曽根崎清は狼狽(ろうばい)の表情を、彼の前に立っている高森為之助に向けた。援助を乞(こ)う眼だった。木塚健はその視線の動かし方をのがさなかった。クマ印の携燃の空罐を中にして、曽根崎清と、高森為之助の関係を追及したかった。木塚健は、

「山男同士のかくし合いはやめようではありませんか」

と、高森に言った。

「すみません、僕の独断で、高森さんに僕等のパーティーの携燃を分けてやったのです」

曽根崎が言葉を引きとった。

中継キャンプに一人でいた曽根崎清は、後から登って来た高森為之助に乞われるままに数個の携燃を与えたことを話した。

「おかしなことを聞きますね、早月尾根の冬季登攀を試みるほどの山男が、携燃を他のパーティーから登山の途中で無心する……考えられないことだ」

だが高森為之助は一言も言わなかった。怒ったような顔で、木塚健の顔をみつめていた。寺林百平がその携燃の罐を手の平で廻してみていたが、突然、声を上げた。

「これはおかしい、この携燃の罐も、三月の雪崩の時に発見した携燃の罐も、底の方に、お湯を一杯沸かすぐらいの燃料が残っている。残っている分量は二つとも同

じだ……」

どれ、と陣馬辰次が今度は手を出した。

「こういう勿体ない使い方は、僕等はしなかった。この携燃の罐は一時間用だが、このへり方を見ると……」

陣馬は考えこんでしまった。

「高森さん、あなたが、あなたの雪洞を出たのは、雪崩が起る一時間前でしたね」

木塚健は一歩前に出て言った。

「そうだ。それがどうしたんだ」

高森為之助ははじめて口を開いた。ひどく挑発的な口のきき方だった。

「携燃の消費量が約一時間、あなたが雪洞を出たのが雪崩の起る一時間前……そして雪崩の起きたあたりに油煙の跡を残した雪塊があった……」

「先を言え……」

高森為之助はピッケルを持ちかえて言った。木塚健の言い方ひとつで、高森のピッケルが飛びそうな気配だった。

「おい木塚、僕は貴様を見直したぞ、貴様は案外頭脳が働く、そこまでは僕も気がつかなかった。よし君のかわりに僕が言ってやろう」

寺林百平は胸をそらせて、高森為之助に言った。

「いくつかの携燃に同時に火をつけて、雪庇の下においたとしたら、時間をおくらせて雪崩は確かに起り得る」

高森為之助のピッケルを持つ手がふるえた。しかし高森はピッケルを振り上げようとはせず、意外に静かな声で言った。

「この雪の下に眠っている鈴島保太郎は、君達の想像したとおりの方法で、雪崩を起して俺が殺した。殺すだけの理由があったから殺したのだ」

それから高森為之助は、彼を取りまく男達の顔をぐるっと見廻して、

「いいか、俺の後を追うなよ、俺もいっぱしの山男のつもりだ。人殺しをした以上生きてはおられない。俺は山の裁きを立派に受けて死にたいのだ……」

高森為之助はそう言って、雪の中を早月尾根目ざして歩きだした。歩けるだけ歩いて、力の尽きたところで死のうとする、高森為之助の意志ははっきりしていた。

「待て高森、鈴島保太郎を殺したのは君ではないぞ、君が二個の携燃をしかけたことは俺は知っていた。だがあの位置では雪崩は起きない。たった二個の携燃ぐらいで、雪崩は起きない。急に南風が吹きこんだための温度上昇による自然現象なんだ」

「そう断言できる理由は？」

木塚健が、狩岡友好に言った。

「なぜかって、聞くのか、その理由は簡単だ。俺が鈴島保太郎を殺したのだ」

「ここは山の中だ、ここではうそは通用しないんだぞ」

陣馬辰次が言った。

「山男はうそもつかない、人を殺すような悪人は居ないって、言いたいだろうが、俺は別だ。俺はたった一人の姉を殺した鈴島保太郎を、姉が使った同じ薬物で殺したかったのだ、そのつもりで前から機会をねらっていた。毒印(ポイゾン)の携燃のあき罐に、青酸加里を入れていったのもそのためだ。俺は雪洞を訪問した時、かくし持っていた青酸加里の粉末を、陣馬辰次が外へ出たすきに、鈴島保太郎の枕元(まくらもと)の雪の上に相当量撒(ま)いたのだ。雪洞の中は炭酸ガスが充満している。青酸加里は炭酸ガスにふれると、分解して青酸ガスを発生するのだ。昆虫採取用の毒壺の原理と同じだ。毒壺が雪洞で、鈴島保太郎は青酸ガスをかいだ虫と同様な死に方をしたのだ」

それだけを一気にしゃべった狩岡友好は息が切れたのか、水筒の水を飲むと、

「母は四月に死んだ、おれもおそかれ早かれ山で死ななければならないような気がしていた。その時が来たのだ。できることなら山の遭難者として貰いたい……」

言葉が切れると同時に、狩岡友好は雪の上に倒れて苦しみ出した。狩岡が水筒の中

に青酸加里を用意して死ぬ準備をしていたことは、彼のとぎれとぎれの言葉の中に読み取れた。

死んだ狩岡友好を取り囲んで、五人の山男たちは悲痛な顔をして立っていた。

陣馬辰次が、死んだ狩岡友好の枕元にしゃがみ込んで言った。

「狩岡君、君が本当のことを言ってくれなかったら僕が死なねばならないところだった。僕はあの時、ものすごく頭痛がした。原因は炭酸ガスの充満によるものだと思い込んでいた。危険だから、鈴島を外へ引張り出そうと一度は思った。無理にでもそうすべきだったのをそうせずに、自分だけが逃げた行為は山男として許すことの出来ないことだ。僕は鈴島保太郎に死んで謝罪するつもりでいたのだ……」

そう言いながら、陣馬辰次はポケットから出した薬の包を開いて、白い粉を雪の上に捨てた。

「青酸加里だ……僕はこれを飲んで、死んだ鈴島保太郎におわびするつもりだった……」

陣馬辰次はこれだけのことを独白のように言った後、しばらくの間をおいて、

「狩岡友好は鈴島保太郎の遭難現場で、突然心臓麻痺を起して死んだということにしよう。そうするのが山男に対する最大のはなむけだ……死体を傷つけないように雪に

埋めて、今日は帰ろう……改めて死体引きおろしに来るのだ……」

誰も異議をとなえる者はなかった。

山の裁きは山男だけで綺麗に解決しようという共通した考えが、狩岡友好に対する事後処置の方策を立てさせていた。ゾロメキ発電所から富山警察へ電話で遭難を知らせたとしても、現場まで警察官や医師が来ることは出来ない。死体引きおろしはずっとおくれる。手を触れられないほどになった死体を前にして、おそらく医師は山男の証言にもとづいて心臓麻痺と死亡診断書を書くだろう。そして狩岡友好は焼かれるのだ。

五人の男たちは黙りこくって山を下っていった。山の裁きのもとに死んだ狩岡友好と鈴島保太郎の霊に対して、祈りながら歩く、雪の道は凍っていた。

第三章 暗い谷間

1

夏原千賀子は陣馬辰次の厚い胸の下で、第三番目の男との体験に身を固くしていた。千賀子の処女を徳沢の森で、暴力で奪った京松弘は、その事実を誰にも告げず、チンネで死んだ。たった一度の関係だったが、忘れられない強烈な印象として彼女の肉体にきざみつけられていた。第二の男の鈴島保太郎との交合で、彼女は男とのそうい う交渉の概略を知り始めたころ鈴島保太郎は早月尾根で死んだ。

鈴島保太郎が死んで一年はたっていた。その間夏原千賀子は彼女を求めて来る山男たちにかこまれていた。

彼女が山男たちを見る眼はずっと進歩していた。体験をとおして、彼女は山男を天秤(てんびん)にかけていた。彼女の山行は以前に増して度数を増した。

「お前は山女だから、山男でなければお嫁に行かないんでしょう」

幾つ縁談を持っていってもはねつける千賀子に、両親はあきれ果てたような顔をした。

「そうよ、私は山男が好きなのよ」

嘘(うそ)ではなかった。山男が山女を求めるように、山女である彼女も山男を結婚の対象として考えていた。山男以外の男は異種族に見えた。

千賀子が山男を要求する理由は、登山家たちの種族的親近感より更に強いものがあった。二人の山男が彼女の肉体に残した記録は、彼女の中で処理され発展させられていた。彼女の肉体が要求するものは、既に彼女に与えたことのある山男と同質なものでなければならなかった。京松弘に奪われた時から、彼女の宿命はそう決まったようであった。

(私を愛し、私に触れた山男は二人とも死んだ)

この事実は彼女を恐怖させた。山男を求めていながら、その恐怖が、彼女を求めてやまない陣馬辰次を一年間しりぞけていた。

結局彼女は陣馬辰次の執拗(しつよう)な要求に負けた。陣馬辰次に負けたというよりも、彼女自身の欲求に負けた。

陣馬辰次の腕の力から解放された後でも、彼女は前と同じ姿勢で固くなったままでいた。彼女の身体(からだ)の奥の方に燃え始めているなにかが、彼女をしばらくそのままに待たせてから眼をあけさせた。

陣馬辰次が向うをむいてズボンを穿(は)こうとしていた。

その後ろ姿が、鈴島保太郎との経験に見たものと同じであった。彼女の肉体に火をつけたままにして離れていく山男の作法に、彼女は捨て去られていくような悲しみをおぼえた。

それが山男全体の共通したものかどうか彼女は知らない。彼女は彼女の体験した三人の男を通して、山男の冷たさに抗議したかった。

「陣馬さん……」

彼女は彼に声をかけた。陣馬はズボンをつけてから振返って、彼女の眼が異様に光っているのに驚いて、なにか適当な言葉を探しているようだった。

彼女は泣き出した。山男しか愛することのできない自分がむしょうに腹立たしかった。陣馬辰次が彼女の背に手を廻して言った。

「許して下さい、千賀子さん、僕は責任を持つ、かならずあなたと結婚する」

彼女はその言葉を三度聞いた。三人の山男は三人とも、彼女が処女であったと信じて言っている言葉だった。彼女が処女であるかないかは彼女しか知らない。身をふるわせて泣いていながら、千賀子は自分の心も身体も、娼婦(しょうふ)のように汚(けが)れているのではないかと思った。それが彼女にまた新しい悲しみを与えた。

「千賀子さん、僕は貴女(あなた)を幸福にできる」

それも前の二人が言った言葉であった。

「陣馬さん、私は幸福にならなくてもいいのよ、あなたは死んじゃいや。六月の駒草ルンゼはまだまだ危険よ、それにあなたは肥(ふと)っている、岩登りは無理なのよ。ね、陣馬さん、山をやめろとは言わないわ、危険な岩登りはやめて」

「僕は山では死なない、死ぬようなへまはやるものか」

「でもこわい。駒草ルンゼはやめて、東大谷(ひがしおおたん)の出合までにして、帰って来て頂戴(ちょうだい)。お願い、私にはあなたの身体が一番大事なのよ」

「わかったよ、千賀子さん、東大谷の出合まで行って来る。千賀子さんが山をやめろと言うんだったら思い切って山をやめてもいいんだ。あらゆる努力を払って、僕は千賀子さんの愛を得た。あなたのためなら、なんでもできる」

「あらゆる努力？」

千賀子は陣馬辰次の眼の中に瞬間さしかけた濁った光を見た。

「そうだ、あらゆる努力なんだ」

一度は冷めた欲情が陣馬を支配し始めていた。彼は片手で彼女を抱きしめながら、片手では穿いたばかりのズボンを脱いだ。

千賀子は眼をつむって、自分がどうにもならないほどの悪女になったように考えていた。だが彼女の身体は閉じたままでいた。十五分前までは未開の女だったと思わせるための作法を忘れずに、陣馬辰次の体重を押し返し、拒絶の言葉を繰返し、完全に陣馬が彼女のものになった時、彼の耳元で叫ぶように言った。

「陣馬さん、駒草ルンゼの登攀はなさらないで、ね、お願い、岩登りをやっちゃあいや、今度はあなたが死ぬ番になるのよ……」

2

立山川の峡谷にそって風が流れていた。重い空気が川にそって、おし流されて来るといった感じのつめたいしめった風だった。

六月半ばを過ぎているのに、風には春のにおいがなかった。剣岳の連嶺がいまだに冬の衣を完全に脱いでいないことの証明のように、こおった微風が音もなく動いていた。三人はほとんど口をきかなかった。単独登攀を試みる三人の山男が偶然時と場所を同じくしているようにも見えるほど、彼等はだまりこくって一歩一歩をきざんでいた。両岸には垂直に近い岩壁がつづき、その底を流れる川にそって三人は溯行を続けていた。飛び石伝いの川筋だった。断崖の底部の狭い岸を石から石へと足場を選びながら登っていく三人の背には、大きなルックザックがあった。

進路が岩にさえぎられると、彼等は、川を渡って対岸に逃げた。そっちの岸も行きつまると、川の中を水につかって歩かねばならなかった。

陣馬辰次はトップを歩いていた。肥ったせいか足の運びようは以前ほど軽快ではなかったが、全体からくる重量感と彼の年齢は、この三人のパーティーのリーダーとして、見掛け上、充分な貫禄を示していた。二番の木塚健とラストの寺林百平は、陣馬辰次より年が若く、瘠せ形で、山男らしい弾力のある身体つきをしていた。

「一服しようか、そういそぐこともあるまい」

陣馬辰次が石の上に荷をおろして言った。バンバ島小屋を出発してから既に三時間はたっていた。ラストの寺林百平が遅れがちだった。特に疲れているという風はなかったが、なにか考えこんで、つい足の方がおろそかになっているような遅れ方だった。力をセイブしているのではなく、なんとなく身体の調子が出ていない様子だった。山山に入って最初の一日目にはよくあることだった。寺林百平は石の上に荷をおろすと、ルックから肩を抜いて、石の間を縫って下りていって、石のかげにしゃがみこんだ。川を挟んだ両側の断崖の上の帯のように見える筈の空は雲でかくされていた。霧つぶのような雨が降っていた。

川石の白さ以外はすべて暗かった。両側の黒褐色の岩には木もなかった。ずっと上の方に灌木(かんぼく)が見えたが、新緑らしい色はない。暗い陰鬱(いんうつ)の谷間に、川の瀬の音だけがあった。じっとしていると汗のひややかさが身にしみる。濡(ぬ)れている下半身もつめたかった。

「身体の具合でも悪いのか」

陣馬辰次が寺林百平に言った。寺林は首を振った。光量の不足もあるが、寺林百平の顔色はよくなかった。

「あと二時間で東大谷の出合の岩小屋へつく」

木塚健が言った。木塚も、寺林百平の身体の調子が悪いことを気付いているようだった。

「出発だ、とにかく、今日は予定どおり東大谷の出合まで行かねばならない、そこでどうするか考えればよい」

陣馬辰次は二人に向かって言った。

「どうするか考えるっていう意味は、駒草ルンゼをあきらめて帰るということじゃあないでしょうね。僕の身体のことは僕が一番よく知っている。とてもだめなら、今のうちにさっさと帰りますよ」

　寺林百平が陣馬辰次に言った。

「いいじゃあないか、とにかく登ろう」

　木塚健がルックに肩を通しながら言った。

「よかあないさ、少々腹をこわしたぐらいで、俺はへこたれはせんぞ。俺は眠いんだ、ゆうべバンバ島小屋でよく眠れなかったから、今日は参っているが、明日は大丈夫だ」

「眠れなかった？」

「木塚、貴様の寝言で眼を覚されてから、ずっと眠れないんだ、全く貴様の寝言はひどい」

　身体の不調を木塚のせいにするような言い方だった。陣馬辰次はラストを木塚健に変更してから出発した。三人は一列になって小雨の中を動き出した。峡谷の奥は、かつて日の目を見たことのないように暗かった。進路を大きな岩がさえぎっていた。断崖の方へ捲(ま)いて逃げることはできないし、岩は乗り越えるには手ごわすぎる相手だった。

「一番深いところは腰まであるな」

トップの陣馬辰次は、肩にかついでいる真紅の色をした三十メートルのナイロンザイルの束をおろしながら、

「徒渉にはナイロンザイルに限る。軽いし、水をはじく、それにこのエーデルロートは外側が撚ってあって、内側が編んである。まず切れるおそれはない」

陣馬辰次は彼の持ち物の自慢を一つぶってから木塚健にザイルの束を渡し、一端を腰に結んでから川に入っていった。

「おそろしくつめたいぞ」

陣馬辰次は急流の中で斜めに身をかまえ、ピッケルを杖にして、横切って行った。木塚健は自らの身体を石に自己確保して、両足をふんばってザイルを繰出していた。エーデルロートの鮮明な赤い色も、暗い峡谷では黒ずんで見えた。川の中心に来ると、陣馬の身体はややぐらついた。水は腰をかくしていた。

寺林百平は両岸で陣馬辰次と木塚健が確保しているザイルに、腰縄式補助ザイルのカラビナをかけ、両手でザイルを握りながら川を渡って行った。最後に木塚健が渡った。

そこからまた悪路が続いていた。下半身が水につかったための不快さと、つめたさと、そして、谷全体の陰鬱な雰囲気の中に、彼等は、いよいよだまりこくっていた。

早く目的地について、乾いた物に着かえたいのが当面の目的だった。

峡谷はあまりにも長く、せばまれた廊下の暗さはいつ果てるとも想像がつかなかった。行けども行けども果しのない地獄の暗さだった。

遅れ勝ちな寺林百平と足並みを揃えるために木塚健は自分のペースを落して歩いていた。

白い輝きの点が地獄の回廊の奥に見えた。その発見はそれまで押えつけられていた木塚健の感情を一度に爆発させた。その暗さからのがれるために彼は白い輝きに向かって、力のかぎり叫び声を上げた。声は壁と壁の間で反響し、奇妙な咆哮となってどこかに消えていった。

「気でも狂ったのか」

寺林百平が木塚健の顔を睨んで言った。寺林百平の言い方に刺があった。木塚健はちくりと刺された痛さに吾に返ったように前方を改めて見直した。白い輝きは東大谷の雪渓の末端であった。

3

東大谷の出合に立つと、左前方におそるべき高さで剣岳周辺の峰々が陽を受けて輝いていた。見上げていると首筋が痛くなるほどの高さと急傾斜であった。

岩小屋は半ば雪渓の中に埋れていた。一冬の間に幾度繰りかえされたか分らない雪崩(なだれ)の痕跡(こんせき)が、そのままになっていた。残雪塊(デブリ)に含まれた岩石が、いたるところに散在し、根こそぎ岩から剝奪(はくだつ)された這松(はいまつ)が、雪の中に凍っていた。

「寺林、腹の具合はどうだ」

陣馬辰次が寺林百平に言った。

「たいしたことはないですよ、一晩寝れば大丈夫です」

そうかあまり無理はするなよ、といいながら陣馬辰次はピッケルの先で、三分の一ほど頭を出している岩小屋をさして、

「二人で雪をかき出してくれ」

陣馬はルックの中からカメラを取り出して、雪渓の方へ歩いて行った。新人訓練中のリーダーが、隊員に仕事を命じて置いて、自分ひとりがゆうゆうと山気に触れて歩くようなやり方だった。

木塚健は黙ってスコップを握った。固い雪だった。一人の力で、穴の中から雪を出すのは大変な労力だった。

寺林百平は雪の上に腰をおろしたままで、腹でも痛むのか、背を曲げていたが、ひ

どく固い雪だなという木塚健のひとりごとを聞くと、大儀そうに身を起して、木塚健に向かって交替しようと手を出した。元気のない声だった。ここまでどうやら来たものの、これ以上働かせるには無理な顔だった。濡れて寒いのか唇が紫色をしていた。

「寺林、君は休んでいろ、岩小屋に入ったら、直ぐ暖かくしてやる」

木塚健は眼を雪渓に投げた。寺林百平が身体の不調を我慢して野営の設定に協力しようとしているのに、陣馬辰次が、カメラを振り廻しているのにちょっと不快な顔をした。

「陣馬さん、僕と交替して穴掘りをやってくれませんか」

木塚健は陣馬に声を掛けた。年上の陣馬辰次に敬意を表して、リーダーを譲ってはいたが、こういう場合に、いやに先輩ぶった顔をして歩き廻っている陣馬に、当然の義務を要求したに過ぎなかった。

(寺林百平にとって陣馬辰次は大学山岳部の先輩ではあるが、俺と陣馬とはなんの関係もない。同じ山岳会でもない。このパーティーは混合パーティーなんだ)

義務は公平に履行すべきだということが、木塚の頭の中にあった。

「二人で掘れないのか?」

木塚健はそういう陣馬辰次の顔を改めて見返した。陣馬が山でも里でも、きざな服装をしたがる男だということを知っていた。それは陣馬の趣味であり、木塚にとってはかかわりのないことであった。木塚健が陣馬に対して嫌悪(けんお)の感情を持ったのは、そのことよりも、岩小屋についてからの彼の行動であった。陣馬が自分ひとりさっさとズボンを乾いたものに穿きかえ、カメラを持ち歩き、パイプをくわえ、鼻であしらうような口の利(き)き方をするのは、あきらかにパーティーとしての行動から離れて見えた。

「寺林は腹をこわしているんです。それにびっしょり濡れている。早く穴へ入れてやらねばならないでしょう」

「いいんだ木塚、俺のことは俺が始末する。スコップをよこせ」

寺林百平は木塚健の好意を怒ったような顔で払いのけてから木塚健からスコップを取ると、穴を掘り出した。岩小屋の中から雪が搔(か)き出され、洞窟(どうくつ)の入口をツェルトザックでふさいで、中で携帯用石油コンロが勢いよく燃え始めると、岩小屋内部の温度は上昇していった。寺林百平はほとんど食べなかった。食べずに濡れたものを乾かしている彼の横顔に疲労が見えていた。

「冷えたんだな」

木塚健が言った。

「寝不足なんだ、一晩寝れば明日は食える」

「君は寝不足をすると下痢を起すのか」

「そういうことだってあるさ」

寺林百平はあくまで前夜の寝不足にこだわっているようだった。寺林百平はエアーマットの上に寝袋を敷いて、その中へもぐりこむと、

「おい木塚、明日の駒草ルンゼ攻撃のトップはジャンケンで決めようぜ」

そういって眼をつむった。

夜が来ていた。木塚健は、外へ出たまま帰って来ない陣馬辰次の後を追って外へ出た。陣馬が佇立(ちょりつ)したまま、山を見上げていた。早月尾根上部、剣岳につながるいただきが黒く見えていた。

「木塚君、明朝の出発は四時半にしよう」

陣馬辰次は木塚健を振り返って言った。

「結構です。寺林は多分だめでしょうからその時間にひとりで出発します」

陣馬辰次が出発時刻についてまで口出しをするのが、木塚にはいささか面白くなかった。

「君ひとりではあぶない、俺が一緒にいく」

陣馬辰次は高いところからおっかぶせるような言い方をした。

「そんな筈ではなかったでしょう。あなたはここにいて、僕と寺林が攻撃して帰って来るのを待っている……」

「俺には肥り過ぎて無理だというのか、ばかな。肥ったことと、登攀技術とは別問題だ。最後の登攀場として、駒草ルンゼなら申し分ない」

「最後のクライミング？」

「そうだ、俺は今度を最後として山登りをやめる」

木塚健には陣馬辰次がなぜ、急にそんなことを言い出したのか分らなかった。東大谷の出合まで来て、そこをベースキャンプとして、携帯用無線電話機で、木塚健、寺林百平と連絡を取りながら二人を待つという予定を変更して、彼自身駒草ルンゼに挑戦しようとする気持が分らなかった。

「トップは俺がやる」

陣馬辰次はそういうと、木塚健の答も待たずに岩小屋の中へ入っていった。陣馬辰次はしばらくは眠れなかった。東大谷の出合の岩小屋まで行くが、それ以上は登らない。結婚を前提として危険な岩登りはやらないと、夏原千賀子の前で断言した夜のことが浮かび上がって消えなかった。

〈陣馬さん、岩登りはやらないでね、東大谷の出合までしかいかないと私に約束し

て〉

千賀子の哀願が耳元で聞えていた。それは、岩小屋の下を流れる立山川の音とつながって陣馬辰次の頭の中で、繰返し、語り続けられていた。

どのくらい眠ったのか、千賀子の声が彼から遠のいた頃、陣馬辰次は寺林の声で眼を覚した。

「おい木塚、どこへ行くんだ。木塚、寝ぼけるんじゃないぞ」

寺林百平が、木塚健を抱きかかえて坐(すわ)らせていた。木塚健がなにかむにゃむにゃ訳の分らないことを言っていたが、やがて、寝袋(シュラーフ)におさまり、チャックを引き上げる音がした。

「しようがない奴(やつ)だ、寝ぼけるのはいいが、外へ出て、立山川へでも滑りこんだら、どうしようもない」

寺林百平はひとりごとを言ったあとで、腹でも痛むのか、おし殺したような唸(うな)りを上げていた。

陣馬辰次は半ば夢の中で、洞窟の中のできごとを聞いていた。

4

雪渓に食いこむアイゼンの、きゅっきゅっという音は、雪の固さを示していた。木塚健は膝頭(ひざがしら)に応(こた)えて来る雪渓からの反響を通して、まだずっと高いところにある駒草ルンゼの未知の岩場を想像していた。数歩前を登っていく陣馬辰次のアイゼンの音が、木塚自身の足音と混り合って聞えていた。滝の音はあったが、一晩聞きなれた耳には気にならなかった。

夜は彼等の足元から明けていった。眼の前の膜が一枚一枚剝(は)がされていって、やがて、その朝だけの、すばらしい景観が開かれ、しばらくは声も上げられず輝きに打たれる――それが高山での夜明けの一瞬の方式であった。一般的にはそのような明るさの変化をたどって朝を迎えるのであるが、この朝は違っていた。眼の前にたれ下がっている最後の一枚の不透明な膜は消えなかった。夜と朝との境界がはっきりしないまま朝になり、明るさは固定した。霧であった。

霧は東大谷の峡谷から吹き上げて来るものでも、剣岳の頂上からおりて来るものでもなかった。夜が明けると共に雪渓の全面の雪から湧(わ)き出たように、登っていく二人の足元にまつわりついて動かなかった。風はなかった。地底をゆすぶるような無気味な滝の音が近づいて来る。

夜明けと共に二人は三つの滝の攻撃を開始した。雪が解けて、滝が露出すると、この場所の登攀は困難であったが、六月にはまだ雪が残っていた。

一の滝は全面が雪渓で掩（おお）われていた。

二の滝の一部はすでに姿を現わしていた。

三の滝は半身を露出し轟音（ごうおん）を上げていた。飛沫（ひまつ）は氷のようにつめたく二人の頬を濡らした。

三の滝を挟んで両側に岩場、その下に雪と岩の割れ目（クレバス）が大きな黒い口を開いていた。相当危険な場所であった。本格的な登攀技術を必要とする岩場であった。トップの陣馬辰次は腰に結んだ腰縄式補助ザイル（ゼルブスト）にカラビナと岩釘（ハーケン）をさげ、ハンマーのひもを首にかけながら、

「うるせえな、滝の音が……」

陣馬辰次は木塚健にそんなことを言ってから、身体をゆすぶって笑った。ポケットの中で岩釘（ハーケン）が触れ合う音がした。二人は並んで立ったまま、滝を見上げた。滝を中心として霧が動いていた。

「さあいくぞ」

陣馬辰次は滝に向かって言った。木塚健にとっては、ザイルを組む相手の陣馬辰次の技術そのものより、身のこなし方に多少の不安を持っていた。あの肥った身体の陣馬辰次は一本のザイルに命を託すことのできる相手として、充分な力量を持っているであろうか。未知のことであった。木塚健は陣馬辰次を知っていたが、ザイルを組むのは初めてであった。寺林百平が落伍（らくご）したことによって、こうならざるを得なかった成行きに、今なお彼は不満を感じていた。しかし、陣馬辰次が、岩と雪の割れ目を器用な足さばきで横断（トラバース）してからは、陣馬辰次に対する木塚の見方は変った。陣馬辰次は肥っているにもかかわらず、身のこなし方は案外軽く、岩に取りついて、岩の割れ目を探す手つきや、そこに岩釘（ハーケン）を打ちこむ呼吸も馴（な）れていた。

見方をかえれば緩慢な動作に見えるほど、陣馬辰次は慎重に行動した。赤いマフラーに黒のチョッキというきざな服装とは無関係に、陣馬辰次の動きは本格的だった。岩から岩へ移るバランスもよかった。

「ようし、登ってこい」

岩角に身体を自己確保して、下にいる木塚健に叫びかける声に、

「行くぞう」

と木塚健は応じた。呼吸がぴったり合った。爽快（そうかい）な気持だった。

滝を乗り越えるまで二時間を要した。

そこからは傾斜の急な雪渓の登りだった。高度を増し、時間が経過すると共に今までじっとしていた霧が動き出した。

明らかに風は、山の斜面にそって、吹き上げていた。日本海を吹走して来て、この偉大な山塊にそって上昇する一般流とまでは考えられなかった。確かに一つの山の摂理によって動かされる風であった。霧の動きによって、時折、山容を見せた。雪渓と岩と、岩にこびりついた苔(こけ)のようにも見える黒い這松の尾根筋は、未(いま)だに冬の相貌(そうぼう)をどこかに覗(のぞ)かせていた。

雪渓の右手に驚くほどの急傾斜を持った黒い尾根がせり出していた。霧の合い間に見たそれは、岩と雪渓と植物の色によって塗り上げられた急峻(きゅうしゅん)な壁であった。尾根というよりも頑強な壁に突き当った感じだった。それが駒草ルンゼであった。

八時五分前である。

「岩小屋、岩小屋、岩小屋、こちらは駒草ルンゼ、駒草ルンゼ……どうぞ」

ルックから携帯用無線電話機を出して、木塚健は岩小屋にいる寺林百平を呼んだ。

駒草ルンゼ登攀中の、毎時の始め三分間が連絡時間に当てられていた。その時間は登る方の都合で呼びかける時もあるし呼びかけない時もあるが、基地の寺林は毎時の始めにはスイッチを入れて待機することに手筈を決めていた。

「駒草ルンゼ、駒草ルンゼ、こちらは岩小屋、感度よし、どうぞ」

　寺林百平の声が聞えた。

「八時五分前に駒草ルンゼに到着した。霧だ。西風、時々はれることもある。二人とも好調だ。一休みしてから、いよいよ駒草ルンゼ攻撃にかかる……どうぞ」

「了解、了解、了解、意外に時間がかかったんだね。こちらは深い霧だ。風はない。ゆっくりやるさ、六月の日は長い……」

　寺林百平の声に力がなかった。身体の不調のために、後に残らねばならなくなった寺林百平の無念さが、言葉は短いが言外にあふれていた。

　陣馬辰次がかわって電話に出た。

「陣馬だ。すばらしい景色だと言いたいが霧でなにも見えない。ザイルのトップはこれからが大変だ。五分後に出発する……どうぞ」

　それに対して、岩小屋からすぐ応答して来た。

「了解、ザイルのトップは木塚にかわった方がいい。陣馬さんには無理だ。木塚がトップをやれ……どうぞ」

　寺林百平の最後のどうぞが変に尻上り（しり）の発音だった。陣馬辰次の頭の中にスイッチを受話側にして、耳をすませて聞いている寺林百平の顔が浮かんだ。

「トップは俺がやる。貴様の指図は受けぬ」

手に持った送受話器に向かってそうどなった陣馬辰次は、携帯用無線電話機を、木塚健に渡しながら、生意気な奴だとつぶやいた。

寺林百平の言い方はいささか僭越ではあったが、この場合当を得た助言であった。寺林百平にそう言われなくとも、陣馬辰次自身がそう考えていた。一服して出発するとき、トップを交替しようかと木塚健に言われたら、その言葉に従うつもりでいた。そういう成行きに自然に移行していくように、彼は用意していた。だが陣馬辰次は機会を逸した。木塚健の聞いているところで、寺林百平にトップは俺がやると言いきった手前、もはやおさまりがつかなかった。彼は木塚健よりも先に立ち上がって出発を宣言した。

胸にせまるような雪渓の傾斜にかかってから陣馬辰次は、この攻撃のトップを持続することが容易でないことを知った。一歩一歩の前進によって驚くべきほどの高位差を稼いだが、そのために多大な体力を要求された。彼の体重は重力に反抗する登攀に対してブレーキになった。上方に踏み出した足の位置まで、彼の体重を持ち上げる時、彼の腿から下腹にかけての贅肉が邪魔だった。

（陣馬さん、トップはあぶない……）

彼は夏原千賀子の声を聞いた。浴びるような汗の中に、突然浮かんだ夏原千賀子の心配そうな顔からのがれるために、彼は、背後を向いた。彼の腰から繰出されているエーデルロートのザイルが血の色に見えた。鮮明な血の帯の末端にいる木塚健が食いつきそうな眼で覗き上げていた。

（陣馬さん、ザイルのトップに立っちゃあいけない……あなたの背後には眼がない……）

夏原千賀子のなにか真剣になってものをいう時によくする、ほんのちょっと眉(まゆ)をひそめた顔が浮かび上がった。

（俺はどうかしているぞ、駒草ルンゼの悪場にかかっていながら、女のことを考え、恋人の幻想のかたちを借りて、ザイルを組んでいる相手を疑う）

そういうあり方自体が、既に駒草ルンゼ攻撃の資格を失った山男の姿にも考えられた。

一の滝、二の滝は雪の下にあった。三の滝の一部は露出し、水に濡れて光っていた。予想以上に岩がもろく、登攀には時間を要した。

三の滝から、急傾斜の雪渓を登り、四の滝の岩壁に取りついた。傾斜七十度、ほとんど垂直にも見える岩壁だった。陣馬辰次は岩壁左側の細い岩溝に手掛り(ホールド)を求めて登っていた。岩釘(ハーケン)はうまく効かなかった。ビーン、ビ、ビという岩釘の歌い声は聞えず、なんとなく手応えがあぶなっかしい感じだった。彼は岩釘の場所を何度か変えた。

第四の滝を越え、雪渓を登りつめ、第五の滝を見上げた時、陣馬辰次は恐怖を感じた。垂直というよりも、いくらかかぶさり気味の岩が冷たい表情で彼を見詰めていた。直登は困難であった。

彼は登攀路を左側の岩稜(がんりょう)に求めた。

疲労していた。トップを木塚健に譲るべきだと思った。木塚健が、かわりましょうかと一言言ったら、交替してよいと思っていた。

「いよいよ最後の滝だ」

「手強(てごわ)い奴だ。たいていここまで来ると、左側の岩稜に逃げる」

木塚健は、第五の滝の岩壁に眼をそそいで言った。左側の岩稜に逃げこもうとしている陣馬辰次の気持を見抜いているような言い方だった。

「無理だろう、この壁は」

陣馬辰次は、第五の滝の正面攻撃が無理であることの同意を求めるように言った。

「無理でしょうね、吾々のパーティーでは」

吾々のパーティーと、ことさら言った木塚の言葉の中には、陣馬辰次とザイルを組んだ不満がかくされているようでもあった。二人は黙って壁を見上げていた。壁の上を霧が這って通り過ぎていった。交替の第二のチャンスは去った。

陣馬辰次の心が決まったのはこの瞬間だった。正面の壁をよけ左の壁を登攀して岩稜に出るルートを、ザイルのトップとして見事に演じないかぎり、ザイルを組んでいる木塚健にも、基地にいる寺林百平にも、彼を知っているすべての山男たちにも見捨てられるような気がした。これが最後の岩壁登攀だという気持が彼の闘志を湧かせた。頭に岩壁だけがあった。なんでもかんでも岩を乗り越えたかった。水の流れていない第五の滝は、うんうん言いながら登ってくる陣馬辰次を見下ろしていた。危険な岩場の連続であった。二人は隔時登攀の原則に従って行動した。二人はしばしば、小さな岩棚で落ち合い、また離れていった。ようし登ってこい、行くぞの掛け声が交互に発せられていた。

岩稜に出る直下で、陣馬辰次の右足を掛けた岩が欠けた。かりかりという音と共に彼の下半身が岩の壁にそって延びた。しかし、彼の両手の手掛りはしっかりしていた。彼は垂れ下がった身を両手で支えた。危険な一瞬が過ぎると、陣馬の腰のザイルは再び延びていった。

木塚健は陣馬辰次の登攀ぶりに異様なものを感じていた。駒草ルンゼ登攀にザイルを組もうと言った陣馬辰次の言葉を虚勢と思って見ていた彼は、その考えを訂正せざるを得なくなった。滝と雪渓が交互に続く悪場を、ずっとトップでつめて行く陣馬辰次の行動は必死であった。まるで駒草ルンゼのもろ岩に、恨みでも持っているように、岩釘(ハーケン)を打ちこみ、くそっ、くそっと掛け声を掛けて、岩をよじ登っていく彼の姿には、今まで陣馬辰次の中に見たことのない、岩壁への情熱がたぎっていた。ようし登って来いと叫ぶ、陣馬の眼は、パーティーを組んでいる木塚健を、命がけで確保しようとする気魄(きはく)にあふれていた。だが木塚健は、その陣馬辰次の行動の中に一抹の不安を感じていた。張り切った弓の弦(つる)が切れるのに似て、突然、彼の力の限界が来はしないかという心配だった。

滝を乗りきった陣馬辰次は一息入れると、すぐ這松の壁に挑戦して行った。高さ三十センチあまりの這松が、急傾斜岩面に密集していた。

腕力登攀であった。両手で這松を握りしめて、身体を上へ上へとせり上げていく、奇妙な登攀であった。これより他に方法はなかった。

這松の葉が顔を刺し、眼をつこうとした。すごく痛い凍った針だった。這松の壁がつきると、もろい岩の壁、這松と露岩は交互に続いていた。

技術の闘いよりも、体力の戦いであった。腕力に限界が来て、手を放したら、身体は、這松と露岩の壁の上を千メートル下の谷底に一気に落ちこむ地形にいた。時々霧がはれて下が見えた。空中から下界を眺める感じだった。冷たい風が一定の風速で吹いていた。春という感じよりも冬に近かったが、寒気はそれほど感じなかった。むしろ、発汗を拭(ぬぐ)い去るのに適度な風であった。彼等は一本槍(やり)の下で二度目の食事を摂(と)った。パン、ミルク、チーズ——木塚健はがつがつ食べたが、陣馬辰次はミルクとクラッカーを少々食べただけだった。

二人はあまり口をきかなかった。陣馬辰次は、休んでいながらも、頂上に眼を向けていた。

陣馬辰次の疲労は明瞭(めいりょう)だったが、トップを交替しようと木塚には言えなかった。最も危険な場は、陣馬のリードによってなし遂げられた。ここまで来れば、このままトップを陣馬に任せて置き、頂上のシシ頭(がしら)への第一歩は彼に与えるべきだ。そうするのが常識でもあった。夕方に近づくに従って霧の動きが緩慢になり、やがて、ずっと下の山腹のあたりに平らな雲海ができた。

夕陽が作り出す雲海上の陰影はゆっくり上下に動き続けていた。落陽の一瞬を待っているように風がやんだ。そして雲海の上を、金色の光の束が走ると見る瞬間、赤い太陽は雲の下へ消えた。

「頑張るんだ、シシ頭はすぐそこだ」

陣馬辰次はひとりごとを言った。体力を出しきった自分の身体に最後の鞭を加える声だった。木塚健は陣馬辰次のおそるべき闘志に対して敬服よりも疑念さえ持った。なぜこうまでして、この攻撃の最終の栄誉を彼のものにしようとするのか分らなかった。

木塚健は光を失いかけた雲海の一点に固定されたまま動かない陣馬辰次の横顔に眼をやった。汗のひいた頬に消えかかった微笑が浮かんでいた。

木塚健は彼の考えている横顔から、夏原千賀子を思い浮かべた。ひょっとすると、陣馬辰次が、千賀子のことを考えているのではないかと思った。千賀子と急速に近づきを見せていく陣馬辰次の存在に、木塚健は胸のつまる思いがした。

「暗くならないうちに……」

木塚健は膝を叩いて立ち上がった。十九時二十五分二人はシシ頭の頂上にたった。薄明の中に、山々の頂は二人を迎えて静かであった。

駒草ルンゼ登攀は終った。

「岩小屋、岩小屋、岩小屋、こちらはシシ頭頂上、駒草ルンゼ登攀終了、天気晴れ、風なし……どうぞ」

　十八時以後は三十分ごとに連絡を取ることに決めてあった。木塚健は十九時三十分に携帯用無線電話機のスイッチを入れて、岩小屋にいる寺林百平に呼びかけた。

「シシ頭、シシ頭、こちらは岩小屋、感度微弱だが、どうやら木塚の声だと分る。お目出とう、とうとうやったね、こちらは霧、見えない、陣馬さんにかわれ……どうぞ」

　木塚健は岩の上に腰を掛けて放心したような顔をしている陣馬辰次に無線機を渡した。陣馬辰次は坐ったままで、送受話器を手にした。

「岩小屋、岩小屋、陣馬辰次だ。ザイルのトップは最後まで俺が務めた。貴様には見込みちがいかも知れないが、俺がやった……どうぞ」

　だが陣馬辰次の一声は寺林百平には通じないのか、

「シシ頭、シシ頭、感度不良、ザイルのトップがどうかしたのか。木塚がトップをやったんですね……どうぞ」

　陣馬辰次は送受話器に向かって馬鹿野郎とどなり、早口に、ザイルのトップを俺がやったのだと繰返した。

「シシ頭、シシ頭、感度不良、位置を変更して下さい、出来るだけ岩小屋に近い位置へ移動して下さい」

陣馬辰次が立ち上がって、岩の鼻の方へ位置を変えようとした。

「どこへ行くんです、陣馬さん」

「聞えないらしい、寺林百平の馬鹿野郎め」

陣馬は飽くまで、トップが自分であることを寺林百平に知らせたかった。そうすることが、この登攀行の最後のとどめのように感じた。

彼は岩の鼻に立って、寺林百平に呼びかけたが、それでもまだ聞えないらしかった。

「いいじゃあないですか、陣馬さん、無線連絡はそれまでにして、野営(ビバーク)の支度にかからなきゃあ」

木塚健は陣馬辰次の肩に手のとどくあたりまで近よって言った。

「そうか分った」

陣馬辰次は寺林百平になにか言われたらしく、木塚健の方も見ずに肩にかけた携帯用無線電話機の胴のあたりの皮革製のカバーのホックを外して、ちょっと機械に触れてから送受話器を右手に持ち直して、右手のおやゆびで、切換スイッチを送話側に倒した。

「岩……」

といいかけて、突然、陣馬は頭を金槌ででも殴られたように身をすくめた。そして送受話器を手から離し、上半身を前に出した。木塚健の手が延びて、陣馬辰次の背に触れた。

断崖に向かって身を投げ出した格好だった。陣馬の身体は音を立てて、深い谷の中へ落ちていった。木塚健の差しのべたゆび先に、陣馬の背の汗の冷たさが残っていた。木塚健にとって思いもかけぬできごとであった。木塚健は、陣馬を呑み込んだ谷が、東大谷中俣本谷カスミ滝上部と見当をつけた。足下の断崖の下にある暗い谷へは、如何なる方法をもってしても、シシ頭から、直接下降する術はなかった。

木塚健は岩にしがみついたまま暗い谷を見つめていた。身体ががくがく震えた。

5

蛭川一郎の自宅で陣馬辰次遭難報告会があった。墜死した陣馬辰次は蛭川一郎が会長をしている山岳会の会員ではなかったが、会友のような位置に居た。彼と同行した木塚健と寺林百平は正式会員であるから、この遭難報告会は会の名によって開催された。木塚健と寺林百平がかわるがわる立って、当時の説明をした後、七月末になってから、会の名のもとに陣馬辰次の遺体を収容することが決定された。

蛭川一郎は会が終った後の暗い応接間に坐っていた。不満の表情を露骨に出していた。

「まあ、電灯もつけないで」

妻の正子が入って来て、スイッチを入れた。

蛭川一郎は暗い思索の中につけられた電灯の光に顔をそむけるように横を向いた。

「御機嫌が悪いのね、出来たことはしようがないでしょう。後始末がついたら、今度こそ山岳会長をやめるのよ、山登りのやれる年齢(とし)でもないのに、未練たらしく山に興味を持っているから、責任ばかり持たされるのよ」

正子はテーブルの上を拭(ふ)きながら、声を落して、

「夏原千賀子さんがあなたに話したいことがあるらしいわ」

後片づけの手伝いをするため後に残っていた夏原千賀子が、正子と入れちがいに入って来た。

「どうぞ、まだなにか話があるのですか」

蛭川一郎の言い方は疲れているせいかいささかぞんざいであった。

千賀子は自分の膝に置いた手を見詰めたまま黙っていた。山男たちの話を聞いている時は山男たちのにおいが気にならなかったが、台所で正子の手伝いをすまして来る

と、そのにおいが応接間で彼女を待っていた。山男特有のあくの強いにおいであった。千賀子はそのにおいが好きだった。そのにおいの中にいると、妙に心が落着いた。同じ種族の中にいる安心感というよりも、山男の身体(からだ)にしみこんでいる本質的なものに牽(ひ)かれる生理的要求でもあった。

「どうしたんです、千賀子さん」

「蛭川さん、あの遭難が陣馬さん自身だけで起されたものだと本当にお考えになっておられるのでしょうか」

「そうとしか考えられないでしょう、僕としては木塚健と寺林百平の話を信用する以外の方法はない。陣馬辰次は相当無理をしていたらしい、岩の上で突然、身体に変調を起したか、或(あるい)は、疲労のため、過(あやま)って岩から落ちたとしか考えられない」

「そう考えていいのでしょうか、あの陣馬さんの死を、そんなふうに簡単に片づけてしまってよいのでしょうか」

「というと、あなたは」

「わたしは未だに疑問を持っています。陣馬さんの死に方はただの死に方ではない……」

千賀子は真直ぐ蛭川一郎の眼を見て言った。思いつめた表情だった。

「千賀子さん、あなただって、女流登山家だ。同じザイルにつながっている者同士が殺し合うなどということが考えられますか。ばからしい」

「でも、その時は、二人はザイルを解いていました。登攀が終った後でした」

「木塚健を疑っているのですね……聞きましょう、その理由を」

蛭川一郎にそう開き直られると、千賀子には直ぐ返事ができなかった。理由をくわしく話そうとすれば、陣馬辰次との関係をある程度詳しく話さねばならなかった。二人が肉体関係にまで進んでいたことを蛭川一郎の前で告白することはできなかった。それは死んだ陣馬辰次と千賀子だけの問題であり、今となれば他人に知らせたくないことだった。

「別にこれといって理由はありませんわ、ただ木塚さんは前から私と陣馬さんの間のことを妙に誤解なさっていらっしゃったし、それに……」

さすがに続けられなかった。彼女はうつむいた。

「あなたを間に置いての恋の鞘当(さやあて)とでもお考えになっているらしい。木塚にかぎらず、うちの山岳会の若い連中は、全部が全部あなたに気があることは確かだ。あなたが美しくて、いい意味での山女だからだ。山男が山女に熱を上げたがるのは一般的な傾向だ。そういう意味で、木塚があなたと陣馬の関係を快く思っていなかったことは事実だろう。しかし千賀子さん」

蛭川一郎は言葉を切って、顔を上げた千賀子の眼をとらえて言った。

「陣馬を殺せば、あなたと木塚との間がどうにかなるほど、あなたは木塚と深く交際していましたか。別の見方をすれば、木塚がそうしなければならない程、あなたと陣馬辰次の関係が進展していましたか。あなたが、そういうことを根拠とする理由があるなら、彼の死についてもう一度考え直さねばならないでしょう」

「ひどい言い方だわ、なんてひどい……私は私の山岳会の人たちとは会員としての御交際以上のものを持ったことはございません」

千賀子は顔に怒りをたたえていった。そういいながら、彼女は、よくもまあ、図々しく嘘が言えるものだと自分自身を見下げ果てていた。

彼女と肉体的交渉を持った第一の男の京松弘はチンネで死んだ。第二の男の鈴島保太郎は三月の早月尾根で雪崩にやられて死んだ。そして第三の男の陣馬辰次は駒草ルンゼを完登して死んだ。三人は三人とも剣岳を中心とする峰のどこかで、彼女との秘密を抱いたまま眼を閉じた。千賀子はその廻り合せが不思議であった。千賀子は自分の身体に触れた男は必ず死なねばならない運命に恐怖した。誰かが彼女の情事を覗き見しながら、次々と犠牲者を作っていくように無気味であった。

「千賀子さん、これだけは自信を持って言えることだが、ホンモノの登山家には悪人はいない。絶対に居らないし、居てはならないのですよ。木塚健はホンモノの山男だ、彼は人殺しをするような男じゃあない。陣馬辰次の死因は事故だ。駒草ルンゼという途方もない難場をやり遂げた満足感の一瞬に悪魔の風が吹いたのだ」

「でも蛭川さん、悪魔は陣馬さん自身の中のものだったのでしょうか」

彼女の顔を悲しみが横切って行った。

〈無事に帰って来られたら、あなたと結婚する、これが最後の山だ〉

抱擁を解いて出ていった陣馬辰次の顔が思い浮かんだ。東大谷の出合まで行くのにしてはあまりに感傷にすぎることばであった。その時既に陣馬辰次は駒草ルンゼ攻撃のことが頭の中にあったのであろうか。

「蛭川さん、わたしはあきらめませんわ、私自身で納得のいくまで、陣馬さんの死因について調べてみます」

「あなたは陣馬辰次を愛していたんですね」

蛭川一郎はつきつめたようなものの言い方をする千賀子に向かって言った。瞬間、千賀子の顔がゆがんだ。

「陣馬さんが死んでから、私はあの人が好きだったことがはっきり分ったのです」

千賀子は嘘の中でほんとうのことを言っていた。この程度のことで蛭川一郎が自分と陣馬辰次との深い関係を推察できる男ではないことを知っていた。

千賀子のうるんだ眼の凝視を真直ぐに受けると、蛭川一郎はひどくあわてた。腕をさし延べたら胸の中へ倒れこんで来て、泣き出しそうにも見えるほど、千賀子の姿勢はあやうかった。千賀子は立ち上がって、ハンカチを眼に当て、そして、失礼しましたと丁寧におじぎをして応接間を出ていった。

玄関に立った時には、涙の跡はもうなかった。

「どう思う、あのひとのこと」

正子が夫の一郎に言った。

「どう思うって?」

「危険な女よ、千賀子さんは。あのひとの眼の使い方は男を知っている眼よ」

「そんなことはどうでもいいじゃあないか」

蛭川一郎は妻の正子が、なぜそんなことを言うのか分らなかったが、危険な眼という意味には内心同感を示していた。千賀子にじっと見詰められていると、なにか奥の方にひそんでいるものが呼び起されそうな眼だなと思いかえしていた。多分それは、自分が未だに山男の種族から離れられないままに、特別の眼を持って女流登山家を見ているのではないかと思った。

6

夏原千賀子は突然彼女の前に立ちはだかるように現われた男に思わず声を上げるところだった。

「千賀子さん……」

木塚健の声はひどく沈んでいた。なにか心に重荷を持って、おずおずした姿勢で呼びかける声だった。

「驚いたわ、木塚さん」

薄暗かった。木塚健がなぜ、こんな露地で自分を待ち伏せていたか彼女には分らなかった。

「あなたに話したいことがあったから、待っていたのです」

「あれからずっと?」

会が終ってから待っていたとすれば小一時間は経過していた。

「山男です、僕は。待つことには馴れています」

二人は駅の方へ向かって肩を並べて歩いていった。

「千賀子さん、僕があなたを待ち伏せていたわけは、あなただけには信じて貰いたいと思ったからです。陣馬辰次の遭難についてほかの奴等がなんと思ってもかまわないが、あなただけには、僕の潔白を認めていただきたい」

「誰もあなたがなにか悪いことをしたのだなどと言っている人はありません」

千賀子は木塚健の顔を見ずに言った。

「少なくともあなたひとりは僕を疑っている。分っています。今日僕が遭難報告をしている間中、あなたは心の中で、僕に疑惑の矢を放っていた」

「もし、そうだとしたら」

「あなたの納得がいくまで、僕の立場を説明しなければならないでしょう、そのために僕はあなたを待っていた」

駅に着くと、木塚健はさっさと切符を二枚買って彼女に言った。

「僕はこういう重大な問題を、喫茶店なんかで、話すのは厭なんだ。ここから僕の家まで三十分もあれば行ける。僕の部屋でゆっくり話を聞いていただきたい。あなたと一緒に帰ることは、さっき母に電話で話してある」

木塚健の一方的な言い方だった。そう決めたんだから、ぜひそうしろと押しつけるような言い方だった。

「ずいぶん勝手ね」

「勝手であるものか、僕を疑っているあなたの方がよほど勝手ですよ」

「わたしが嫌だと言ったら」

「ザイルにつないで引張っていく」

ザイルを持っていないのに、ザイルを引合いに出した山男らしい木塚健の言い方がおかしかった。

木塚健の母親は、初対面から千賀子に好意を持っているようだった。

「私は、夏原さんが山へ登る方だというからさぞかし……」

「鬼のような女だとお思いになっていたのでしょう」

千賀子はつりこまれるように言った。

「あなたのように美しい方が山へ登るから、うちの健も行きたがるわけね」

母親が階下へ降りて行ってから、木塚健は千賀子に、おふくろのいうことなど気にしないでくれといった。

木塚健の部屋の壁には山の写真がべったり貼られてあった。本棚は山の本で一杯だった。山男のにおいがぷうんと鼻を衝く部屋であった。

「東大谷というところはおそろしく暗い谷だ。あの暗さに入ると、頭がどうにかなりそうなくらい、いやな圧迫を感ずるところです」

　木塚健はそんな前置きをしてから、その暗さの思い出に身震いをするように、全身をゆすぶって言った。

「千賀子さん、陣馬辰次は僕が殺したのかも知れません」

「あなたが、どうしてそれを」

「みんなの前で言わなかったのかというのですね、言えなかったのです。殺したという確信も、殺さなかったという自信もないのです。実をいうと、あの時僕自身は自分の心を失ったような状態にあったのかも知れないのです」

　木塚健は苦しそうな眼を千賀子に向けながら、さらに続けた。

「陣馬辰次が無線機を持って岩の鼻に立った。なにかいいながら機械にちょっと触れてから送受話器を手にして、岩と一言言って突然彼は身をすくめた、それまではっきり覚えているのです。次の瞬間、僕は彼の背の汗がついたこの右手のゆびを眺めて立っていた。彼はもう岩の上に居なかった。つまり僕のこの手で、陣馬辰次を岩から突落したかも知れないのです。その時は、彼自身の過失だと思っていたが、時間が経過するに従って、その時の僕自身の行為が気になって来たのです」

　木塚健はその事故の起きた後の自分の行動を振りかえるとまるで夢のようだ。その夜は平蔵コルの平蔵避難小屋で一泊したことは覚えていた。夜明けと共に尾根伝いに黒百合(くろゆり)コルを経て、朝の八時には、寺林百平の居る岩小屋の上の滝の上で叫び声を上げて寺林百平を呼んでいる。超人的速度であった。ヤッホーを一分間に六回続けて叫ぶ遭難信号を聞いて、寺林百平が滝の下まで来た。

滝の上と下とで情報が交換され、木塚健はその足で中俣本谷カスミ滝付近まで、陣馬辰次を探しに登っていったのである。

陣馬辰次の死を確かめ遺品のいくつかを持って、木塚健が、岩小屋に到着したのは夕刻であった。落ちくぼんだ眼をぎらぎら輝かせながら死んだ死んだと繰返している木塚健に向かって、寺林百平は力一杯の声でどなった。

「おい木塚、きさま昼間からねぼけているのではあるまいな」

その一言で木塚健は眼の前がはっきりした。同じザイルを組んでいた陣馬辰次が、ザイルを解いた瞬間に死んで、自分だけが生き残ったことが悲しい現実感となって彼を責めた。

「自分のしたことが自分で分らないなどということは想像もできないと、あなたはおっしゃるでしょうが、時間が経過するにしたがって、あの瞬間の出来ごとが不可解になる。自分が信用できなくなるのです」

木塚健は千賀子の前に、彼の苦痛をぶちまけてしまうと、あとはただ彼女の一かけらの同情の言葉を待つかのような従順さで、彼女の顔を見上げていた。

「分るわ、木塚さんは、より以上責任を重大に考えているんだわ、考え過ぎていくうちに自分が分らなくなったのよ。同じザイルを組んだ相手を突落すなどということが考えられるものですか、そういうことをしなければならない理由があるのでしょうかしら」

千賀子はまた嘘を言った。心の中で木塚健を疑いながら、口では、蛭川一郎がしゃべった、ザイルの掟(おきて)をふりまわして、木塚健に同情するような顔をしていた。

「僕は駒草ルンゼを征服した瞬間、あなたのことを思い浮かべました。同時に、あなたと陣馬辰次とのことも考えていました。あの事故が起きた瞬前のことです」

「まあ……」

夏原千賀子は木塚健の眼を受け止めた。嘘を言っている眼ではなかった。千賀子を愛するがために、罪を犯したかも知れないと本当に思いこんでいそうな顔だった。

夏原千賀子は彼女の心の奥の矛盾にやっと耐えていた。前にいる男は、陣馬辰次を殺した男かも知れない。それなのに、不思議に憎しみは湧いて来なかった。

7

寺林百平はいつまで待っても出て来なかった。千賀子は赤電話の前に立ったまま、背後を通る人の足音を聞いていた。十分にも感ずる時間の長さであった。彼女は腕時計を見た。あと二分と時間をきめた。二分待って寺林百平が出なければ電話を切ろうと思っていた。そして寺林百平に会うことも、陣馬辰次の遭難原因について詮索（せんさく）がましいことをするのもやめようかと思った。

受話器からなんの物音も聞えなかった。彼女は秒針の動きを見詰めながら、自分のしていることの本当の意味がよく分らなかった。死んだ陣馬辰次が彼女の結婚の相手であったとの理由から、彼の死の原因を突きとめようとしているばかりではない。彼女に近よって来る山男の一人一人が次々と死んでいく奇怪さに恐怖して、その背後にあるなにかを発見しようとするのでもない。単なる推理趣味でもない。そうしなければおられないものにせき立てられての行動が彼女には分らなかった。

「お待たせいたしました、千賀子さん、丁度実験中でしたので」

寺林百平の声が聞えた。

「御迷惑だったかしら」

「いやもう済みました。一応実験は打切りました。今日は土曜日ですから」

ちょっとお話ししたいことがという千賀子に、寺林百平はすぐ待ち合せる場所を指定した。てきぱきした答え方だった。

大きな革のかばんを携(さ)げて来た寺林百平は、やあどうもと軽く頭を下げてから、

「千賀子さん、六義園(りくぎえん)て御存知ですか」

と妙なことを言った。

「行ったことはないでしょう、名園ですよ、池もあるし森もある」

そして寺林百平はタクシーをとめて乗り込むと、

「その辺の薄暗い喫茶店で、うまくないコーヒーを飲んでも百二十円、ここから上富士前までタクシーで行って、入園料の二十円を払っても、百二十円……同じことなら気持のいいところの方がいいでしょう」

そんなことをいいながら笑った。千賀子は、木塚健も寺林百平も同じように喫茶店を嫌うのは山男の共通した性格かとも思った。彼女自身も薄暗くて、せまっくるしい喫茶店で低い声でぼそぼそ話すことはあまり好きではなかった。

「東京のまん中にこんないいところがあったこと知らなかったわ。何時(いつ)頃、誰が作ったものかしら」

「江戸時代ですよ、誰が作って、誰が住んでいたかというようなことは僕にはあまり興味がないんです。ここが好きなわけは、この庭園に来ると小鳥の声が聞かれるからです。そんな理屈をつけておくと、一応立派に聞えるでしょう。結局、僕のような山男には、こんなところしか行くところはないのかも知れませんね」

ちょっと気障な言い方だなと千賀子は思った。山男をむき出しにしていながら、どこかに、山男をみせびらかしているような虚飾が感じられた。

「寺林さん、あなたにお話ししたいことというのは陣馬辰次さんの遭難のことです。この前の遭難報告会で、あなたがお話しになったことより、もっとくわしいことを私は知りたいのです」

「死んだ陣馬のことをですね、なんでもどうぞ、私の知っているかぎりのことはお答えできるでしょう」

「陣馬さんのことではありません、陣馬さんの遭難した時の木塚健さんのことですわ。木塚さんは、自分自身の口で、あるいは自分が陣馬さんを岩の上から突き落したかも分らないというふうなことを言っておりました。木塚さんがなぜそういうことを言うのでしょうか」

千賀子は足を止めて言った。

「歩きながら話しましょう、僕はその方が話しやすい……それはですね、僕が木塚健と同じ立場だったらやっぱり言うに違いない言葉です。自分とザイルを組んでいた相手が突然岩から落ちて死ねば、誰だってそういうふうに考えたくなりますよ。山男としての責任感がそう考えさせるのです、まして木塚健の場合は、そう考えられるだけの理由を彼自身が持っているからです」

「と、おっしゃると」

「まずいな、よしましょう、こんな話は。もうすんだことなのに、なぜあなたは、ほじくり出そうとするのです。その理由を聞いてから僕の話をしましょうか」

道は池に突き当った。寺林百平は池のふちを左折した。

「私は陣馬さんを愛していました。あの方が死んでから、私はあのひとを本当に愛していたのだということに気がつきました。陣馬さんが単なる過失で死んだと考えるだけで、たまらなく淋しくなるんです」

千賀子はこの嘘とほんとが同居している言葉を三人目の寺林百平に言う時には、木塚健と蛭川一郎に言ったよりずっと真実性を顔に出していた。

「陣馬さんは死ぬべくして死んだのです」

「どういう意味ですの」

「無理をしたんです。あの肥った身体で駒草ルンゼはてんから暴挙でした。心臓にかけた無理が、ほっとした一瞬のゆるみで彼を殺したのです」

「そのことは何度も聞きました。私があなたにお聞きしたいのは、木塚さんが陣馬さんの無理をなぜ黙認していたかということを、もっとくわしく、ね、お願いです」

千賀子の眼は懇願していた。

「言わねばならないのですね」

寺林百平は足を止めて自分の足元を見詰めながらしばらく考えていたが、思い切ったように顔を上げると、ちょっと前後に眼を配ってから、

「木塚健は少々神経衰弱気味ではなかったかと思うんです。バンバ島小屋で泊った晩も夜中寝言を言っていた。東大谷の峡谷では突然狂ったような叫び声を上げたし、岩小屋では夜中に突然起き上がって夢遊病者のように外へ出て行こうとするんです。彼は、岩小屋の雪掘りの時も、なぜ手を出さんかと陣馬さんに突掛っていった。それにザイルのトップを、最後まで陣馬さんにやらせたのは常識的に見ておかしい。当然、若くて力量のある木塚健がトップをやるべきだった」

「すると木塚さんは……」

「いや、だからといって、木塚が陣馬さんを殺そうとしたのだというのではない、考

えればおかしなことがあったというだけのことです。山ではおかしくない死に方なんか一つもない。僕自身だっておかしな立場になる、陣馬さんは僕のかわりに駒草ルンゼに登って死んだ。どれもこれも考えれば全部おかしい。だが山では人殺しは行われない。登山家に悪人は居ないという原則が破られないかぎり、そういうことはあり得ない」

寺林百平は池の面を見詰めて言った。

「ほんとに登山家に悪人は居ないものでしょうか、登山家は神様のような人達ばかりでしょうか」

千賀子は池にうつっている寺林百平の眼に向かって言った。寺林百平の顔がゆがんだ、あるかないかの、水面上の小波の動きが彼の顔をゆがめたようにも見えるし、彼自身の表情を池がとらえたようにも見えた。彼は眼を向う岸の松に向けた。

「寺林さん、最後に一つだけお伺いしたいことがあるのです。あなたは、陣馬さんの死の瞬間まで電波を通じて話をなさっていた方です。あなたが、陣馬さんになんと言って、陣馬さんがなんと答えたかをお聞きしたいのです」

夏原千賀子は陣馬辰次の最後の一瞬がずっと気になっていた。寺林百平が、無線電話で、陣馬辰次がひどく驚くようなことを言ったのではないか、声に打たれて足を滑らせたのではないかという疑いがあった。

「そうですね、声がよく聞えないから位置をかえろと言ってやりましたよ、超短波の電話機だから、ちょっと位置を変えただけで感度はずっと違ってくる……この僕にもいくらか責任がある。陣馬さんは僕のいうとおり位置をかえた。その位置が岩の鼻だったのです……僕の耳に聞えた、彼の最後の声は岩という一語でした。岩小屋、岩小屋と呼びかけるつもりだったのでしょう。……千賀子さん、もうその話はやめましょう、なにもかも終ったことです。こういう場所でそんな話をして歩くことは無意味です。僕たち二人だけが、異質な組（パーティー）でなくてもいいでしょう」

恋人らしい男女の幾組かが歩いていた。寺林百平はかばんを持ちかえると、前よりずっと千賀子に接近して木陰の道へ入っていった。

8

千賀子は落ちつけなかった。陣馬辰次の死因についてなにものも摑（つか）めないままに、日時が経過して、陣馬辰次の遺体収容予定日に近づくことがたまらなく不安だった。木塚健が陣馬辰次を殺した下手人であるという証拠はなにひとつ得られないにもかかわらず、彼女が木塚健にかけた疑いは霽（は）れていなかった。

木塚健はしばしば千賀子に電話をかけて来た。

〈僕が陣馬さんを殺したのかもしれない〉

会った時、木塚健のいうことばは決まっていた。彼は自らの罪の苦悩を彼女の前にさらけ出すことによって、当面の苦しみから逃れようとするようであった。

千賀子にはそれが、木塚健の策略にも見えた。自分の罪を糊塗(こと)する最も上手な方法のようにも見えた。そう思って木塚健を眺め、かつて体温を感じ合った陣馬辰次を殺した男として憎悪(ぞうお)しようとしたが、木塚健と向き合っていると、そういう感情は湧(わ)いて来なかった。木塚健こそ陣馬を岩から突き落した男だと、いくら思いこもうとしても、彼女の心のどこかで彼を弁護していた。

千賀子は寺林百平とも会った。寺林は陣馬辰次の遭難についてはあまり取り合わなかった。陣馬さんがうらやましいな、僕が岩から落ちて死んだら、千賀子さんは僕のために、今のように真剣になって考えてくれますかと、寺林百平にからかわれると、彼女はそれ以上、遭難のことは話せなかった。

千賀子の勤めている会社へはよく男から電話があった。電話機の傍に坐(すわ)っている千賀子より五つも年上のりつ子は、意地悪く電話の相手の名前を確かめてから、

「千賀子さん、木塚さんからお電話よ」

部屋中に聞えるような大きな声をした。

千賀子は送受話器を耳にあてる一瞬、山で死んだ京松弘、鈴島保太郎、陣馬辰次の三人の顔を思い出していた。次は木塚健か、寺林百平であるかも知れない。千賀子は山の遭難死が彼女を中心として起ることの恐怖に慄(ふる)えながら送受話器を取った。

「千賀子さんのところへ電話を掛けて来る男はみんな山男ね」

りつ子は聞えよがしに言った。あなたという女は山男しか相手に出来ない女だと言っているようであった。

(確かに私は山男が好き、山男と交際していないと生きる力を失うように淋しい)

彼女は、このことが彼女だけに通用する人生だと自認していた。彼女は陣馬辰次の死の原因を確かめることを口実に、木塚健と寺林百平の二人に急速に近づきつつあるのではないかと思うと、やり切れないほど自分がみじめに見えた。

(今度はちがう、山男を求めるための接近ではない、私は、自分に触れた男が死んでいく謎(なぞ)を解きたいのだ)

彼女は強いてそう思いこもうとした。蛭川一郎は理解ある相談相手だった。少なくとも、彼女の悩みを頭から一笑に付さないだけの大きなところを見せていた。千賀子は蛭川一郎に彼女の知り得た木塚健と寺林百平の情報を流していた。

蛭川一郎から自宅へ来るようにと電話があったのは、梅雨の明けた蒸暑い日であった。

「千賀子さん、あなたは未だ木塚健を疑っているようですね、疑っていながらあなたは裏づけとなるものを一つも摑えていない。あなたは木塚健が陣馬辰次を殺した理由はあなたを間においた嫉妬だと単純に考えている。それだけの理由で、山男がザイルを組んでいた相手を殺すとは考えられない。殺されるだけの理由が陣馬辰次にあったかどうかを、もう少し研究してみる必要がある」

蛭川一郎が千賀子と陣馬辰次の関係を知っての上でわざと研究という、妙な表現をしたとは思われなかった。蛭川一郎は真面目な顔をしていた。

「この間、陣馬辰次をよく知っている、彼と同じP大学の山岳部のO・Bだった男に会った。彼は、陣馬辰次が死んだと聞いて悲しむ者の数は意外に少ないだろうと言った」

「陣馬さんが、人に恨みを買うようなことをしていたのだとおっしゃるのですか」

蛭川一郎は軽くうなずいて紙片を出して、千賀子の前においた。

陣馬辰次に関すること

一、陣馬辰次はP大学山岳部のリーダーをやった。
一、ものすごく新人をしごいた。しごき方が常軌を逸していた。新人鍛錬よりも新人虐待に近いことを平気でやった。
一、新人訓練中、佐野静夫が死んだ。佐野は木塚健の従弟であった。

「すると木塚健さんがやっぱり……」

「誤解しちゃあこまる。僕がその紙片をあなたにお見せしたのは、おそらくあなたが、陣馬辰次について、そういうことは知らないだろうと思って知らせて上げたことが一つ。もう一つは、人を疑い出すと、きりもなく疑わしいことが出てくる……この紙に書いてあるようなもっともらしい動機まで飛び出して来るのです。木塚健の従弟の佐野という男が死んだのはもう八年も前のことです。佐野の死について調べてみたが、確かに陣馬は佐野を苛酷に扱っていた。しかし彼の死因は佐野自身の過失であった。……千賀子さん、もういい加減で陣馬のことはあきらめなさい」

「はい……でも……」

千賀子は陣馬辰次の死を、単なる過失としてあきらめたくなかった。愛人の死を悲しむあまりの執念だけではない。三人の山男が次々と死んでいったという、彼女だけしか知らない事実をこのままにして置くかぎり、次の犠牲者がいつ現われないとも限らない。そして最後には彼女自身がなにものかに、どこかの山で殺される。

「思い過しですよ、千賀子さん」

蛭川一郎が身体を前に乗り出すようにして言った。

「暑いのに、窓を開けたら……」

正子が入って来て窓を開けた。千賀子はテーブルの上の紙片を二つに折ってハンドバッグの中に収めた。正子はその紙片に鋭い視線を投げてから、

「どう、犯人は挙りそうなの、千賀子さん」

当然、自分がこの話に立ち入る権利でもあるかのように、坐りこんで、

「殺人が起きた場合、常識として第一にしなければならないことは現場の検証でしょう。それができないとしても、陣馬辰次さんの遺品について科学的分析ぐらいしなければならないでしょう、あなたがたはまだそれがしてなかったわ」

正子は、夫の一郎の背後を廻って、硝子戸棚を開けると、木塚健の拾って来た、陣馬辰次の遺品の入った箱をテーブルの上へおいた。血のついたものはなかった。箱の中には、ばらばらになった携帯用無線電話機の部品が入っていた。

「手掛りは案外この中にあるかも知れないわね、ねえ千賀子さん」

千賀子は黙っていた。

「お前の知ったことじゃあない、山のことには口を出さないという約束だったんじゃあないか」

蛭川一郎には、妻の出しゃばり方がいつもと違って見えた。なんでも口を出したがる妻であり、特に推理小説マニヤの正子だから、こういうことに口をはさみたい気持は分っていた。だが、この場合の正子の挙動は、ひどく子供じみて慎みがなかった。やることが浮き上がっていた。あきらかに千賀子を意識しての、上すべりの行動に見えた。

「勿論（もちろん）私は、千賀子さんのような山女ではないわ、山に登ったことなんかございませんわ、でも今度の事件について意見をいって悪いことはないでしょう、あなた」

あなたと一郎に向き直った時に正子の顔は蒼（あお）ざめていた。千賀子は席を立って逃げるように蛭川一郎の玄関を出た。背後に、一郎と正子の言い争う声を聞きながら、庭を小走りに走って門を出た。いやな気持だった。門を出て、右折する時、千賀子は夕陽を真正面に浴びて、ちょっとよろめいた。

「お帰りですか」

夕陽を背にして、水たまりをよけながら歩いて来た男が、軽く千賀子に頭をさげて蛭川一郎の家の門へ入っていった。すれちがってから、千賀子は、その男が、確か、陣馬辰次遭難報告会に来合せていた男だったことを思い出した。

9

巨大なビルの一階には軽食と喫茶を兼ねた明るい店がいくつかあった。蛭川一郎は夏原千賀子と会う場合はよくこの店を利用した。二人の勤務先から、歩いて数分とは離れていないところにあった。

「千賀子さん、おかしなことがきっかけで、新しい事実が僕等の前に提供されたんです」

「新しい事実？」

「そうです、陣馬辰次の死に方に関して、今までの僕の考え方を捨てねばならないかも知れないような事実が出たのです。妻の正子がこれをほじくり出したのです」

蛭川一郎は顔をこわばらせて話しだした。

蛭川一郎の妻の正子は、夫と千賀子とが妙に親密に話し合っている態度が気にくわなかったし、正子が応接間に入ると、彼女にかくすようにテーブルの上の紙片をハンドバッグに入れた千賀子のやり方に腹を立てた。千賀子の帰った後で二人は争った。

正子は昂奮(こうふん)のあまりテーブルの上にあった、陣馬辰次の遺品の箱を庭にほうり出した。

そこへ、穴沢忠雄(ただお)が尋ねて来たのである。

穴沢は庭の敷石に当って、ばらばらにちらばった携帯用無線電話機の部分品の中から電池を拾い上げた。乳白色の長方形の箱が割れて、中から極板が出ていた。彼は、その光る極板を西日に当てたまま考えこんでいた。

穴沢忠雄は携帯用無線電話機を製作した会社の技師で、この機械の試験を蛭川一郎が会長を務める山岳会に依頼した当面の責任者であった。

「電池がすりかえられていたのです」

蛭川一郎は一大発見を報告するように言ってから、夏原千賀子も自分同様、機械のことについての知識が皆無なのに気がついたのか、

「あの携帯用無線電話機の電池は和製だったのに、遺品として木塚健の持ち帰ったのは、ヤードニーのシルバーセルであった。分らないでしょう、千賀子さんには。僕も穴沢氏から長いこと説明を聞いてどうやら分った」

ヤードニーのシルバーセルというのはアメリカ製の電池であり、軽量で電気容量(キャパシチー)の大なることにおいて、他の種類の電池よりも段違いにすぐれている。価格が高いから一般には使用されず、特殊の用途に使われていた。

「穴沢氏の言うには、この電池は瞬間電流五百アンペアーにも堪えられるという驚異的な性能があるそうだ」

「どういうことでしょうか」

「要するにこの小型軽量の塩化銀電池という奴は、使い方によっては人殺しさえも出来るだけの能力をそなえているということです」

「あの電池で人殺しができる」

千賀子は、ピースの箱三個ぐらいを重ね合せたくらいの大きさの電池で、人を殺すことが出来るのだと言われてもまだぴんとこなかった。

「使い方に依っての話です。あの電池だけではどうにもならない。あの電池も、三個か四個使って、その電圧を何等かの方法によって高圧に変換した場合、危険な状態は得られるそうだ。つまり陣馬辰次が送受話器を手に持ってスイッチを入れた時、彼の身体に高圧がかかり、電気的衝撃を与えるだけの電流を供給出来るようにしてあったとすればです」

「誰が携帯用無線電話機にそんな仕掛けを作っておいたのでしょうか」

「それが分らない、単に電池だけを取りかえてあったのだとすれば、この仮説は成立しない。とにかく、一応誰が電池を取りかえたかを調べる必要はある。陣馬辰次自身か、木塚か寺林か、三人のうちの誰かに違いない。陣馬辰次も木塚健もラジオのことにくわしい。寺林百平は大学の研究室に残って放射線かなにかを研究している筈だから、電気の知識はある」

「岩小屋で寺林さんが使っていた携帯用無線電話機は？」

「その方は早速調べたが、シルバーセルは使っていない。無線電話機は全く同型のものので、出発の四日前に、寺林と木塚に一個ずつ渡した。やろうとすれば仕掛けをする時間はあった」

蛭川一郎は言葉を切ってポケットから紙を出した。表が作ってあった。蛭川繁夫、京松弘、鈴島保太郎、陣馬辰次の死んだ場所とその場に居あわせた男達の名前が書いてあった。

「四人が死んだ時、その近傍には必ず、寺林百平と木塚健がいた。そして死んだ四人を含めて、この六人はいずれも千賀子さんに好意以上のものを持っていた」

そう言って千賀子の顔を探るように見詰める蛭川一郎の眼に彼女は耐えた。なにもかもぶちまけて蛭川一郎に話すか、あくまで、男たちとは山仲間の交際以上のものはなかったと嘘を通すかのきわどいところへ来ている自分を感じていた。

「分っていました。でも私は、どの人たちとも好意以上の関係は……」

なかったとはさすがに言えなかった。

「千賀子さん、外へ出ましょう、日暮れ時のビルの谷間を歩くのはすばらしい。歩きながらもう少し話しましょうか」

蛭川一郎の言葉には熱がこもっていた。

「約束があるのです」

千賀子は木塚健との約束がなかったら、多分今夜はビルの谷間を蛭川一郎と歩き廻るに違いないと思いながら腕時計を見た。

「それは残念だな。しかし千賀子さん、五日後に迫った、陣馬辰次の遺体収容のための登山行には同行して頂けるでしょうね、あなたが行かないと結末はつかない。約束して下さい。それまでにシルバーセルの入手経路で新しい発見があるかも知れない。なかった場合は、遭難現場の東大谷へ入る若い者五人のうち、寺林と木塚を除いた三人に、携帯用無線電話機の部品の破壊された残骸(ざんがい)を残らず集めて来るように言いつけておくつもりだ。二人には話さない方がいい、どちらかが犯人だとすればかくすおそれがある」

蛭川一郎は陣馬辰次の死後、初めて、犯人という言葉を使った。二人は外へ出た。ビルの谷間は夜を迎えつつあった。

「これからあなたが会う相手が、木塚健であっても寺林百平であっても、今話したことは絶対内密ですよ。五日後に出発する剣岳行の予定はあとで連絡しますから」

蛭川一郎は念をおすような言い方をした。

「剣岳へは行けませんわ、その頃大阪へ行かねばならない予定がありますから」

そんな予定なんかなかった。山へ行けない理由は彼女の純然たる生理現象にあった。

10

映画は九時に終った。木塚健と夏原千賀子は駅の方へは行かずに、暗いビルの谷間へ足を向けた。

「僕はこの谷を、ひとりで夜おそくまで歩いて廻るんですよ、山とは縁もゆかりもないけれども、ここへ来るとなんとなく気持が落着いて来るのです、あれ以来幾度歩き廻ったか覚えていない」

木塚健はそう言って眼をビルの壁伝いに上へ延していった。灯の消えたビルの壁に挟まれてにごった夜空があった。

「あのことで苦しんでいらっしゃるのね、木塚さん」

「そうです、苦しむだけ苦しめばやがて楽になれる、その日が近づいて来るような気がします。結局、如何なる理由があるにしても、危険な岩場でザイルを解いた瞬間に彼が死んだんだから、僕の責任なんだ。僕が殺したと同じなんだ。僕は蛭川繁夫が池の谷で死んだ時も、鈴島保太郎が早月尾根で雪崩でやられた時もそれを単なる山の遭難とは見なかった。僕は多くの人を疑って、刑事として走り廻った。そして今度はどうだ、僕自身があなたに疑われている。皮肉なものだ」

木塚健は絶望的なため息をついた。

「木塚さん、あなたの従弟に佐野静夫という人がおられたそうですね」

「ああ居た、穂高縦走中に岳沢へ墜落して死んだ」

木塚健はちょっと足を止めて、妙なことを聞くんじゃあないかというような眼で千賀子を見た。

「その時のリーダーは？」

「陣馬さんでした。十数名のパーティーでしたが、その時死んだのは佐野ひとりです。不注意だったんです。どうしたんです、そんなことをいきなり」

「陣馬さんがしごき過ぎて殺したという噂があるそうですわ」

「ばかな、大学山岳部のリーダーで、しごかないリーダーなんてありますか。しごかれて、たたかれて、一人前になるのです。誰がそんなくだらないデマを飛ばしたんですか。従弟の佐野のかたき討ちでも僕がしたというんですか、ばかばかしい」

木塚健の歩速は一定していた。千賀子が蹤いて来るのを意識しての歩速で、彼女の先をこつこつ歩いていた。千賀子が話しかけないかぎり黙っていた。ビル街を当ててもなくぐるぐる歩き廻りながら、時折ビルの壁を見上げては立ち止った。背後から蹤いていく千賀子の疲労を勘定に入れているような歩き方だった。

「木塚さん、ビルの谷間歩きはもう結構だわ」

一時間は過ぎていた。帰らねばならない時刻だった。

「歩くんです。一晩中歩きましょう、千賀子さん、僕はそうしたい」

「ではあなたひとりでどうぞ、私は帰る」

「二人はパーティーを組んで、今丸ノ内の峡谷を歩いている。僕がリーダーだ。パーティーの指揮は僕が取る。あなたはまだ歩ける。もっと歩かねばならない。頑張って歩くんです、千賀子さん」

そういう木塚健の眼は異様に光っていた。なにかに憑かれた顔だった。

「あなたは今夜はどうかしている」

「前からどうかしています。せめてもう一時間僕と歩いて下さいませんか、あなたと歩くのは、これが最後になるかも知れません」

山男まる出しの言葉だった。危険な山へ出掛ける前に、これが最後になるかも知れませんと言ったのは、木塚健だけではない。京松弘も、鈴島保太郎も陣馬辰次もそれを口にした。千賀子はその真剣な瞬間に牽かれた。出征する恋人にすべてを与えて送別した女の心と共通したものが千賀子を沸かせた。彼女は山男の体臭と願望に負けた。そして事実三人は三人とも不帰の男となった。

「千賀子さん、お願いです、もう三十分でいいから僕と一緒に歩いて下さいませんか」

「帰ります。これ以上は動けませんわ」

千賀子は、木塚健とこれ以上歩いていたら、自分自身どうにかなりそうだった。

山男の体臭を求めてやまない自らの欲求に負けてしまいそうな気がした。

木塚健を疑いながら、心の中で彼を弁護しているのは、自分の中のいけないものが、第四の男として木塚健を求めているに違いないと思った。千賀子は自分を憎んだ。山男から山男へ移り変る、浮気な最下級の女として自分を呪詛した。

(木塚健を愛しているのだろうか)

彼女は自分の心の動きに戦慄した。木塚健を死なせたくなかった。彼がもし、陣馬辰次を殺した男であって、彼が山の裁きを山で受けようとしているとしても、彼を生かしておきたかった。

「木塚さん、あなたはシルバーセルというものを御存知ですか」

彼女はその秘密を洩らすことによって、彼を救おうとした。

「シルバーセル、シルバーセル、なんです、それは？」

そういっている木塚の顔が、とぼけている顔か、嘘を言っている眼か、暗いビルの谷間ではよく確認できなかった。

千賀子は蛭川一郎に厳重に口止めされている秘密を木塚健に話した。話しながらどうしようもないほど自分が浅はかな愚かな女に思えた。

十時四十五分千賀子は自宅に帰ると、彼女の生理を延長する黄色の小粒を五錠飲んでから電話を蛭川一郎に掛けた。

「蛭川さん、剣岳へは私も同行させていただきます」

電話を切ってからも、千賀子はそこに立っていた。飲んだ薬の五錠がどこかにつかえているような感じだった。

11

蛭川一郎をリーダーとする七人のパーティーは剣岳の南方、黒百合コルにテントを張った。シシ頭岩からカスミ滝付近に墜死した陣馬辰次の死体を収容するためであった。

七月下旬、山には夏が訪れていた。

夜が明けると同時に木塚健、寺林百平を含めた五人の山岳会員が黒百合コルを出発して東大谷右俣を下って行った。遺体を収容して立山川に沿って上流に溯行し、剣御前小屋へ登り、雷鳥沢を降って弥陀原に引きおろして荼毘に付す予定であった。警察との連絡は出来ていた。日数は晴天三日と予定していた。

黒百合コルのベースキャンプは蛭川一郎と夏原千賀子が残っていて、木塚健をリーダーとする五人のパーティーとは出来得るかぎりの無線電話連絡をすることになっていた。連絡時間は毎時のはじめであった。

八時に、五人の隊員は上の二俣に到着した。

「黒百合コル、黒百合コル、こちらは上の二俣、感度はどうですか、どうぞ」

基地を呼ぶ、木塚健の声が電波に乗って来た。

連絡がついた。蛭川一郎と木塚健が、二、三の打合せをした後で、夏原千賀子が蛭川一郎にかわって送受話器を取った。

「あなたの居る谷は霧で見えないわ、木塚さん、注意してね、あのことに気をつけてね、木塚さん」

千賀子にはそれ以上いうことはなかった。了解、了解という木塚の声を聞いてスイッチを切った千賀子は、山肌に沿って活発な動きを見せはじめた霧の中にいる木塚健を思った。陣馬辰次が死んだのは陣馬自身の過失か、木塚健が機械になにかの仕掛けをしたのか分らない。たとえそうであっても木塚健を罪人にしたくなかった。

（もうこれ以上誰も死んじゃあいけない、私に新しい悲しみを与えないで下さい）

彼女は祈るようなつもりで眼をつぶった。

「千賀子さん、シルバーセルのことを木塚健に話しましたね、僕との約束を破って、あなたは木塚と内通した。木塚を助けようとしたのでしょう。最近になって、あなたは木塚健に対して同情的になったことは知っていた。しかし、今あなたがあのことに注意してねと木塚に言うまでは、あなたの本当の気持は分らなかった。どうやらあなたは山女の資格を失いかけている。下界の感情を剣岳まで運んで来ている……」

蛭川一郎は腕時計を見た。

「今度は僕があなたとの約束を破る時だ。あなたと木塚健が内通した場合、木塚健が犯人だったら彼は証拠をなくするように努力するでしょう。それで彼は救われる。だが寺林百平が犯人でないという証拠はない。寺林がなにかの方法を用いて陣馬辰次を殺したとして、その証拠が木塚健におさえられて、そのことを木塚に指摘でもされたら、どうなります。多分寺林百平は自分の身体を自分で処理するに違いない。山男であるかぎりきっとそれをやる」

蛭川一郎は携帯用無線電話機の送受話器を取って十時ジャストを待った。二人は無言だった。

「黒百合コル、黒百合コル、こちらはカスミ滝、濃霧、一休みして、遺体収容にかかる」

木塚健の声だった。蛭川一郎は遺体収容について木塚健と打合せてから、寺林百平に出るように言った。

「寺林君、遺品はできるだけ拾い集めて帰ってくれ、無線電話機の破壊された部品はどんなこまかいものでも拾い集めて帰ってくれ、特にこのことを君にたのむ……」

寺林百平の了解の電話を聞いてから、蛭川一郎は千賀子に言った。

「これで五分と五分、二人の男は結局証拠となるようなものはなにものも持ち帰らぬだろう。陣馬辰次の過失死でいっさいがおさまる。僕もあなたも、寺林も木塚もやがてこの不愉快な事件のことは忘れる」

蛭川一郎はずっと先まで見とおしをつけているような顔だった。

12

陣馬辰次の死体は酸鼻（さんび）をきわめたままの状態で横たわっていた。屍臭（ししゅう）が鼻を衝（つ）いた。五人はその前で合掌した。

　木塚健の両眼に涙が溢（あふ）れた。シルバーセルのことは千賀子に聞いたが、殺人無電機などという途方もない企てをする者はいるとは思われなかった。彼は寺林百平を疑ってはいなかった。木塚健は陣馬辰次の死体を眼の前に見ると、陣馬がシシ頭（がしら）の頂上から墜落した瞬間、彼の背に触れていた自分のゆび先の汗の感覚を思い出した。陣馬辰次を自分が無意識のうちに突き落したのではないかというあの恐怖にふるえた。

　寝袋（シュラーフ）の中へ陣馬辰次の死体を入れる仕事は、木塚健がひとりでやった。寝袋の口が閉じられ、陣馬の死体はもう見えなかった。寝袋の上に香水がふりかけられた。寝袋の上を細引きでしめ、その上をグランドシーツで包み、ザイルで緊縛すると、もはや陣馬の死体ではなく、一個の荷物と化した。ものすごく臭気を発する、扱いにくい荷物であった。香水は屍臭に負かされ、効果はなかった。

　引きおろしの準備は出来た。死体の周囲に散乱している遺品を拾い集めてサブザックに入れるように、木塚健が他の四人の隊員に言った。

木も草もない荒れ果てた谷間であった。ここには岩石と雪渓と五人を取り巻いて動く霧だけしかなかった。

木塚健はサブザックを持って、遺品を探して歩く隊員の後から蹤いていった。携帯用無線電話機は幾つかに細分されて広い範囲にばらまかれていた。皮のケースは岩に引っかかっていた。ガラスの割れた真空管や、赤や緑の電線や、抵抗、コンデンサー、コイルなどが、あちこちから集められた。一時間で遺品の収容は終った。木塚健はサブザックの底にほんの少々集められた遺品にざっと眼をとおしてから、ザックの口をしばった。

「おい木塚、そいつをこっちへ寄こせ、俺が背負っていってやろう」

寺林百平が言った。なるべく自分の荷物を軽くすることによって、陣馬辰次の死体運搬に最も積極的に協力しなければならない立場を考えながら、木塚健はサブザックを寺林百平に渡そうとして、寺林百平の顔を見上げた。

寺林百平が眼をそむけた。そらせ方が普通でなかった。なにか、木塚健の眼を虞れての回避でもあるようだった。

〈あのことに気をつけてね、木塚さん〉

千賀子の声が聞えたような気がした。

「いいんだ寺林、このサブザックは俺が背負っていく」

木塚健は寺林百平の申出をこばんだ。遺体は雪渓の上を引きずられていった。谷にそって吹き上げて来る風と共に霧の動きは速くなり、時々切れ目ができたが、谷は相変らず暗かった。

雪渓と滝とが交互になった。滝にかかると、ザイルを滝の上と下に張り、遺体はカラビナを用いてザイルの上を滑らせておろす方法を取った。別のザイルで、遺体の上下を確保しながら、静かにおろしていった。遺体の重みでザイルはたれ下がり、遺体は滝に濡れた。時間と労力と神経を使う仕事であった。五人が東大谷出合の岩小屋についたのは十八時であった。

木塚健は眠れなかった。昼間の労働で疲労しきっているにもかかわらず、不思議にあたまだけは冴えきっていた。眠ろうとして眼をつむると、屍臭が鼻を衝いた。陣馬の遺体は岩小屋の外にあったが、木塚自身の身体や、ねむりこけている隊員たちの身体にしみこんでいる屍臭が洞窟の中に充満していた。

眠りついたが不安な眠りだった。誰かが枕元に坐って、自分の寝顔を覗きこんでいるような気持だった。浅い眠りの中で木塚健は幾人かの人の顔を見た。死んだ陣馬辰次の顔、鈴島保太郎の顔、京松弘の顔、蛭川繁夫の顔、それらの顔が次々と、彼の顔を覗きこんでいるような気がして、わずらわしかった。誰とも分らない顔が、眠っている木塚健に触れるばかりに接近していた。息が顔にかかった。屍臭のにおいがした。木塚健は声をあげて起き上がった。彼の顔の上におおいかぶさるようにしていた影がくずれた。

影が口を利(き)いた。木塚健はじっとしていた。確かに誰かの息が自分の顔に触れた。

「木塚、ねぼけるな。どうしたんだ」

起き上がると同時にその影は横に寝ている寺林百平となってものを言った。

木塚健は寺林百平に返事をせずそのまま横になった。枕にしているサブザックをおしのけて、寝袋(シュラーフ)のチャックを引きあげた。今度は眠れそうな気がした。眠るんだ眠るんだ、眠らないと明日の行程にさしつかえる。彼はしきりにそれを心に言いきかせながら眠ろうと試みたが、やはり眠れなかった。どの隊員もよく眠っていた。叩(たた)いても起きそうもないくらいよく眠っていたが、寝息はひどく荒く、たえず寝返りを打っていた。昼間の激労が彼等に安眠は許さなかった。ただひとり、寺林百平の寝息は静かだった。規則正しい軽い寝息を繰返しながら微動だにしなかった。そういう寺林の寝方は、この場合かえっておかしかった。ひとりだけ山男ではない者が迷いこんだように奇妙だった。

木塚健は、寺林百平も眠られずにいるのではないかと思った。眼を暗黒の洞窟の天井に向けて、静かに呼吸をしているのではないかと思った。寺林百平が起きているとすれば——木塚健はびくっと身体を動かした。さっき自分の顔に寝息のかかるほど顔を近づけたのは寺林ではなかったろうか。

木塚健の眼はいよいよ冴えた。彼は眼を暗黒の中で見開いたまま寺林百平の寝息をまねた。彼は待った。三十分もたった頃、彼の枕元に置いてあるサブザックの動く気配を感じた。寺林百平の寝息はとまっていた。サブザックを携(さ)げた寺林百平が木塚健をまたいで入口の方へ行こうとした。

暗闇(くらやみ)の中で延した木塚健の手に、寺林百平の手が触れた。幽鬼の手のように冷やかな感じだった。寺林の手から力が抜けて、サブザックはおちた。金属の触れ合う音がした。

「外へ出よう、寺林……」

木塚健は静かに言った。

立山川の音の他に物音はなかった。星明りに川筋が無気味に光っていた。長い間、二人は黙ったまま突立っていた。二人が眼をやっている黒い山のいただきにシシ頭がある筈だった。共通な暗さの中に山の形はさだかではなかった。

「今まで俺は陣馬辰次を殺したのは自分ではないかと疑っていた。もうその必要はなくなった。寺林、携帯用無線電話機にどんな仕掛けをして、陣馬辰次を殺したのだ。なぜ彼を殺さねばならなかったのだ」

木塚健は結論だけを言った。おそらく間違いはないと考えていた。

「木塚、登山家に悪人は居ないという伝説をもう貴様は信用しないだろうな、俺という例外のあった他に、陣馬辰次という例外があった。八年前に君の従弟であり俺の親友だった佐野静夫が陣馬にしごき殺されて以来、俺は陣馬辰次に憎悪の感情を持っていた……」

「しごき殺された？」

「そうだ、P大学山岳部にいた頃、陣馬辰次にしごき殺されたのだ」

八年前P大学の山岳部のリーダーであった陣馬辰次の新人訓練ぶりは常軌を逸していた。訓練ではなく虐待であった。彼自身はほとんど荷物を持たず、新人たちには過大な荷を負わせて歩かせた。荷物の重量が不足だと言って、石を背負わせた。水は飲ませず、バテる（極度に疲労する）と登山靴で尻（しり）を蹴（け）とばし、ピッケルでひっぱたいた。

新人たちは苦しさに堪えきれず山岳部から脱落していった。

陣馬辰次は後に残った十数名の新人のうち、佐野静夫と寺林百平を特別苛酷に扱った。誰が見ても明らかに不公平な扱い方をした。そうすることによって、二人が山岳部から脱落するのを待っているようであった。陣馬辰次という男はそのように偏執した眼で部員を見るリーダーであった。

夏季新人訓練のための穂高縦走の途中、天狗のコルでテントを張った時であった。陣馬辰次は身動きもできないほどに疲れ果てている佐野静夫に、天狗沢まで水汲みに行って来ることを命じた。雨でも降りそうな暗い夜であった。

「俺は天狗沢の雪解け水でお茶をわかして飲みたいのだ」

陣馬はテントの奥に、帝王のようにふんぞりかえって言った。二人で行くことを許さなかった。佐野は水筒と、懐中電灯を持ってガレ場を降りて行った。這うようにして水を汲んで来た佐野に、陣馬は御苦労とも言わずにお茶を入れることを命じた。

翌日の陣馬辰次のしごき方はほとんど狂的に近かった。彼は疲労のため遅れた佐野を容赦なくピッケルでなぐりつけた。佐野の体力は出発前に既に限界に来ていた。彼は陣馬のピッケルに追いたてられて列に加わったものの、天狗岳を越えるともはや一歩も動けなくなった。陣馬は、佐野を殴った。殴られても立ち上がれないと見た彼は倒れている佐野のまぶたを開いて、

「なんだこいつ、まだ白眼は出ていないぞ」

そして、登山靴で蹴とばした。

「あいつは鬼だ。あいつに俺は殺される、しかし陣馬辰次も必ず誰かに山で殺されるぞ……」

それが佐野の洩らした最後の言葉だった。

佐野が間(あい)の岳に向かうリッジから岳沢（岳川谷）に墜落して死んだのは、その直後だった。陣馬辰次は佐野の墜落死の原因を、彼の背後にいた寺林百平の責任にした。陣馬は、隊員の見ている前で、寺林に制裁を加えた。寺林は唇を噛(か)みしめながら、痛みをこらえていた。

「長い間、機会を狙(ねら)っていた。機会はあったがその度に、偶然が彼に味方をした。俺は最後の機会を狙ったんだ。陣馬辰次が駒草ルンゼ攻撃のサポートを最後に山をやめることを知ってから、あの計画を建てたのだ」

寺林百平はシルバーセルの性能をよく知っていた。彼は携帯用無線電話機を受取ると、その一部改造に取り掛った。塩化銀電池という軽量で途方もなく大きな電気容量を有する二次電池と回転変流器と変圧器との組合せによって、ある特別の処置をした場合、電気衝撃を与えることのできるように作りかえた。

「特別な処置？」

「陣馬辰次をシシ頭のいただきに呼び出しておいて、機械の内側にあるボタンを押すように言ったのだ。ボタンを押すと、回転変流器は回転し出す。彼が送受話器のスイッチを入れると同時に、送受話器を持っている彼の手と送受話器を当てている耳との間に高圧が掛ったのだ。彼は一瞬電撃を受けて岩から落ちた。岩の上でなかったら、死なずに済んだろうが、彼は足場を失って墜死した」

寺林百平の告白は淡々としていた。木塚健を意識せず、黒い山々に向かって、自分のやったことを報告でもするように、静かだった。

「死因は分った。しかし陣馬辰次が駒草ルンゼに登らなかったらどうするつもりだった」

「俺が登らないとなれば、必ず彼は登るだろうと予想して、俺は仮病を使ったのだ。彼が山男である以上、最後のクライミングは立派なもので飾りたいと思うのは当然だ。あそこまで来て駒草ルンゼを君ひとりに登らせるということはあり得ない。俺の計算が当ったのだ」

「君の腹痛は嘘だったのか。すると、俺の寝言とねぼけを何度も指摘したのは、俺に罪を負わせる下心だったのか」

木塚健はこの点についてはいかなる妥協も許さないつもりでいた。

「ちがう、あれは本当だ。君にかぎらず、山に入って過労すると誰にでもあることだ。ただ、あの時の場合はひどかったぞ」

二人の間にしばらく沈黙が続いた。

「しかし寺林、君が八年前の大学山岳部の恨みだけで、彼を殺したということはどうも理解できない。嘘だ。君はなにかかくしている。それだけの動機で人が殺せるものではない」

木塚健は寺林百平との一メートルの間隔に身がまえていた。その暗い間隙(かんげき)に起るべきいかなる事象に対しても、直ちに対処し得るよう、全身の筋肉が緊張していく感じだった。なにかかくしている寺林百平に対する疑いが、木塚健に防禦(ぼうぎょ)の姿勢を取らしていた。

「おい木塚、どうしたのだ」

寺林百平が一歩木塚の方へ近寄ろうとすると、木塚健は三歩遠のいた。飛びのいたと形容した方がいいような速い動作だった。

「疑っているのだな、俺が、君に対してなんらかの危害でも与えようとしているとでも思っているのだろう。同じザイルにつながれて、生死を共にした友人同士が、突然、信じ合うことができなくなったというのだな。なにもかも話そう、君のような単純な男は人の心の奥深くまで察することができない、君は眼の前の山しか見えない。時によると眼の前の山さえも見えなくなるほどの明きめくらなのだ」

「明きめくら?」

「そうだ、木塚、君は池の谷で蛭川繁夫が落石で死んだ位置さえはっきり覚えておれないほどの明きめくらなのだ、明きめくらの癖に妙な探偵趣味を持っている。そのために、死なないでもよかった京松弘と狩岡友好を殺した」

「京松弘も狩岡友好も自分の罪を自ら処置したに過ぎない」

「違うんだ。蛭川繁夫を落石で殺したのも、鈴島保太郎を雪崩で殺したのも陣馬辰次なんだ。陣馬辰次こそ、登山家としては例外に属する男だったのだ……」

寺林百平は陣馬辰次が如何なる人間か、大学山岳部から知っていた。佐野静夫をしごき殺した陣馬辰次も、社会人となると、全然人間が変ったようになった。ひどく派手好みな登山家、人絹(じんけん)のマフラーと呼ばれるような男になっていた。

池の谷左俣で蛭川繁夫が死んだ日の翌日、寺林百平は現場に同行して、陣馬辰次が警察官に報告する遭難情況を聞いていながら、なんとなく不自然なものを感じた。死んだ蛭川繁夫の一番近くにいた鈴島保太郎に発言させずに、陣馬一流の弁舌で、その場を処理していこうとする彼のでしゃばり振りが、寺林百平に疑念を抱かせた。

「どこで死んだのだ」

　という警察官の質問に対して、

「このあたりです、ここで彼は頭を上に向けて倒れていました」

と陣馬辰次が答えた時、寺林百平は、剣尾根ドーム壁の上から見た感じと、場所が違うような気がした。寺林百平はカメラを出して、その場の写真を撮った。

「東京へ帰ってから、ドーム壁の上から撮った遭難直後の写真と検死の際の写真とを比較して見たのだ。違っていた。陣馬辰次が、ここですと示した位置は、蛭川繁夫が落石でやられた場所よりずっと下であった。遭難直後の写真から判断すると、蛭川繁夫を殺した落石の主流は小窓尾根からのものと推定された。小窓頭にいた陣馬辰次は落石を起して計画的に蛭川繁夫を殺したのだ」

「計画的に？」

「その時は確信はなかったから黙っていたが、君が撮った写真が紛失したことから、陣馬辰次に対する疑念は濃くなった。京松弘は、アイゼンのひもにオキシフルを塗ったことが蛭川繁夫の死因だと思いこんで、チンネで自らの命を断った。その時の写真を俺がジャンダルムの巓(いただき)で望遠レンズで撮ったことは君も知っているだろう。京松、鈴島、木塚、陣馬の四人の表情が記録されていた。京松弘がチンネから墜落する瞬間、陣馬辰次の顔には不敵な微笑が浮かんでいたのだ。これでなにもかもうまく行ったぞという顔だった」

寺林百平が言葉を切った。木塚は沈黙をおそれるように、

「何故それを黙っていたのだ。それほど確実な証拠があるのに、なぜ彼を見逃したのだ」

「山男には悪人は居ないと思いたかった。それに陣馬辰次が落石を起すところを見たのではないから確定的な証拠があるとは言えない。山では人殺しなどということはあり得ないと考えたかった」

寺林百平は鈴島保太郎が早月尾根で雪崩で死んだ時も、その遭難は単なる雪崩であると考えたかった。

「君は警察犬のように鼻の利く男だ。事件は嗅ぎ出す。しかし嗅ぎ出しただけで、最後の瞬間には眼を離す。そういう、ばかな男なんだぞ。狩岡友好が青酸加里の入っている水筒の水を飲んで死んだ直ぐ後で、陣馬辰次がなにをしたか覚えてはいないだろう」

「彼は飲むつもりでいた青酸加里の紙包を捨てた」

「誰もそう見ていたに違いない。しかし陣馬辰次を知りきっている俺はあの行動に疑問を持った。陣馬辰次にそんな気持なんかある筈がない。思いつきの芝居だ……俺は彼の捨てた薬包紙を持ち帰って来て調べてみた。胃薬がくっついていた。へんに感傷めいたお芝居をして、陣馬辰次は墓穴を掘ったのだ。俺は大学の研究室に帰って、青酸加里について研究した。青酸加里が炭酸ガスに触れて、分解して青酸ガスを発生する実験なんだ。……結論だけを言おう。雪洞の体積と青酸加里の量と人間の吐き出した炭酸ガスの量から計算して雪洞の入口を密閉しないかぎり、致死量の青酸ガスを得ることは不可能である。まして、昼間だ。鈴島保太郎は寝てはいたが、熟睡してはいなかった。頭痛がしたら当然外へ出るはずだ。陣馬辰次は雪洞を出て、雪洞の上を足で踏んだのだ。彼が倒れていた位置と、陣馬辰次の帽子の落ちていた場所からそう判断したのだ。なにもかも雪崩で流されたのに、彼の帽子が、彼の倒れていた位置より高い位置、雪洞のあった位置より僅かにそれたところにあったことが証拠だ。陣馬辰次があわてふためいて逃げた時に落したのだ」

「君の説明は一応分ったが、重要なことが分らない」

「動機だろう。京松弘の言ったように恋だ。陣馬辰次は夏原千賀子を得るために二人を殺したのだ」

夏原千賀子という名が出ただけで木塚健は胸を衝かれた。死んだ陣馬辰次に対する嫉妬(しっと)だった。

「最後に、俺が陣馬辰次を殺したわけは、陣馬辰次の如(ごと)き山の悪漢に夏原千賀子を完全に与えたくはなかったからだ。恋のために山を汚(けが)した陣馬辰次は俺の命にかえても生かしては置けない」

「わかる。その気持はわかる」

木塚健は寺林百平の結論に同感を示しながら、夏原千賀子を中に挟んで、立っている、寺林百平と自分とを考えて慄(ふる)えた。朝に近づきつつあった。寒さが身にしみた。

「この二年間に連続した事件の根源を正せば、夏原千賀子にあるのだ。彼女は登山家に美人が居てはならないという原則を破って、吾々(われわれ)の前に出現した。夏原千賀子のために山は次々と裁きを下したのだ。あの女は美し過ぎる、そして、彼女の眼に凝視された山男は例外なく、彼女のとりこにされるのだ。夏原千賀子はそれを知らない。彼女もまた山男の体臭以外に生きることを知らない不幸な女なんだ。彼女に近づく男はやがて死ぬ。君もだ。君もやがて死ぬぞ」

寺林百平は言葉を切って眼を薄明に近づきつつある稜線(りょうせん)に向けた。二度と口をきかなかった。

翌朝も霧があった。霧の中で、黒百合コルにいる蛭川一郎と木塚健は連絡を取った。七時に一行は岩小屋を出発する予定だった。その時の連絡の後で寺林百平は千賀子に電話に出て貰った。寺林百平は無線電話機を持って、隊員たちと離れた岩の上に立って千賀子によびかけた。

「千賀子さん、今朝も霧です、濃い霧です。暗い、永久にこの陰鬱さは変ることのないに違いないような、東大谷の立山川峡谷に僕は出発します。あなたはもはやなにも心配することはない。すべてはきれいに片がついた。さようなら」

そう言って寺林はスイッチを切った。

千賀子は寺林百平の言葉を異常なものに聞いた。千賀子は直ぐスイッチを入れて、

「寺林さん、寺林さん、あなたはなにをしようとしているのです。これ以上私に新しい悲しみを与えないで」

その言葉は電波に乗ったまま空間で消滅していた。寺林の耳には入らなかった。

「どうしたんです一体、寺林がなにを言ったんです」

蛭川一郎が千賀子に聞いたが、彼女は黙ったまま首を静かにふっていた。

「おい寺林、このサブザックは君がかついで行ってくれ」

木塚健はサブザックを寺林百平に渡した。寺林百平にサブザックの中の証拠物件を

適当に処分させて、この事件の山の裁きは済んだことにしようとする思いやりであった。

立山川の峡谷に沿って、遺体という大きな荷物を持っての遡行は容易のことではなかった。川を渡るたびに両岸にザイルが張られた。

垂直の岩壁が両岸にせまっていた。激流が流れていた。ザイルを利用して遺体輸送は慎重に行われていた。寺林百平は常に最後尾の困難な仕事に当っていた。人と遺体の徒渉が完了してから、彼は川を渡った。徒渉の終った四人は対岸でザイルの端を確保しながら、寺林百平の渡って来るのを待っていた。激流であった。注意して渡らないと足をさらわれるおそれは充分にあった。

「おい寺林、なぜ腰のザイルを取るのだ」

川に入ってすぐ腰からザイルを取った寺林百平のやり方に不審を抱いて、木塚健が声を掛けた。

「このくらいの川をいちいちザイルをたよって渡っていたら日が暮れてしまうぞ」

寺林は対岸にいる四人にそう叫んだ。実際彼はピッケルを川の中に立てて、身体を斜めにして上手に渡っていた。

川のなかばまで来ると、彼は一息ついてピッケルを立てたまま、対岸の木塚健の方へ眼を投げた。笑ったように見えた。そして彼が眼を川の中へ向けて、移動をはじめた時、身体が左右にぐらついた。ピッケルが水面に出た。彼は立ち直ろうとした。ピッケルが水面をたたいた。ピッケルを上げた時に、既に彼の足は水流にすくわれていた。彼はサブザックを背負ったまま水中に没した。激流に呑まれた彼の姿は二度と水面に浮いて来なかった。

八時の連絡時間に黒百合コルにいる蛭川一郎に寺林百平の遭難が伝えられた。陣馬辰次の遺品と共に寺林百平は川に流された。くわしいわけは後で話すという木塚健の報告で、蛭川一郎は大略を察知した。

「山の裁きを山で受けたんだな」

蛭川一郎は千賀子に言った。

千賀子は泣いていた。予想通りに寺林百平の電話が最後のおわかれだったのだと思い出して泣いた。

寺林百平は陣馬辰次を殺した。その証拠を木塚健につきつけられて彼は自殺したのだと夏原千賀子は考えていた。

そして彼女は、寺林百平が陣馬辰次を殺した動機は、彼女を得たかったという願望にほかならないと独断していた。寺林百平が最後に言った、

〈あなたはもはやなにも心配することはない。すべてはきれいに片がついた〉

という一言で、彼女に触れた男たちが次々と死んで行く恐怖が完全に消去するものではなかったが、この言葉によって、彼女の立場が一つの段階に達したことだけは知っていた。

「千賀子さん、登山家に悪人は居ないと信じますか」

突然、蛭川一郎が妙なことを言った。

「信じますわ、信じますとも、登山家に悪人なんか居るものですか」

「あなた自身はどうです、千賀子さん、少なくともあなたのような美人登山家は悪人であった方がもっともらしい」

蛭川一郎は深い谷に眼を投げた。陰鬱な谷底に山霧が動いていた。

解説

木村行伸

『チンネの裁き』は、昭和三十三年から翌三十四年にかけて三回に分けて別々の小説誌（「オール讀物」「講談倶楽部」「日本」）に掲載された新田次郎初期の山岳連作小説である。それぞれが独立した短編でありながら、通して読むと、山の連続遭難事故の背後に蠢く、人間の悪意が炙り出される重層的な構成となっている。

まずは、その内容を簡単に振り返ってみたい。事故の真相は伏せているが、興を削がれたくないという方は、どうか以下の抽出部分は飛ばしてお読みいただきたい。

第一章「落石」は、冒頭、北アルプスの剣岳にそびえる尖塔状の岩峰、山言葉でいうチンネ（Zinne）において落石が起こり、ヒマラヤ遠征隊のリーダーと目されていた若手クライマーの蛭川繁夫が命を落とす。この現場に居合わせたのが、五人の若き社会人登山家であった。製薬会社勤務の京松弘、丸の内の官庁に勤める木塚健、大学の研究室で放射能を研究する寺林百平、会社員の鈴島保太郎、工業・薬品問屋の陣馬辰次である。落石事故に不審を抱いた木塚健は、繁夫の兄、蛭川一郎と協力して繁夫の身辺調査を開始する。その木塚の前に、美貌と澄んだ眼を持つ女性登山家、夏原千賀子が現れる。千賀子は、亡くなった繁夫と婚約していたが、京松や陣馬からも想いを寄せられていたのだ。繁夫の死の真相を掴むため、木塚と蛭川は、関係者をふたたびチンネに集め、彼らの心底を暴く「山の裁き」を行うのだった。

第二章「雪崩」では、夏原千賀子は鈴島保太郎と交際し、彼との結婚を決意する。だが、東大谷の駒草ルンゼ冬季初登攀に挑んだ鈴島は、その途中、雪崩に巻き込まれて遭難死してしまう。この登攀に同行していたのが、木塚、寺林、陣馬の三人であった。木塚は、雪崩の跡から携帯燃料の罐が二つ出てきたことを疑問に思い、鈴島の身辺を調べる。すると、鈴島が先の戦争において、満州の日本人捕虜収容所内の病院で残酷な行いをしていたことが明らかとなる。今回の雪崩は、鈴島の過去にまつわるものなのか。木塚は、鈴島の遺体回収に容疑者らを立ちあわせ「山の裁き」を実行する。

第三章「暗い谷間」では、夏原千賀子は陣馬辰次と関係を持ち、結婚の約束を交わす。その陣馬は、最後の登山と心に期して、寺林、木塚らとともに駒草ルンゼ登攀に挑む。かろうじて山頂にたどり着いた陣馬が、携帯用無線電話機を使って岩小屋で待機する寺林に到着を伝えると、突然、彼は谷底に転落してしまう。木塚は、自分のゆび先が陣場の背に触れた途端に彼が落下したことから、自責の念で心を病む。山岳会の会長を務めていた蛭川一郎は、独自に事故の調査をはじめ、携帯用無線電話機に特殊な加工が施されていたことを突き止める。また、生前の陣馬が、後輩の登山家たちを虐待していたことも発覚する。蛭川は、木塚と寺林に、陣馬の遺体捜索の際には、無線機の改造部品を回収するよう依頼した。果たして陣馬の死は、事故か、或い(ある)は何者かによる殺人だったのか。

昭和三十一年に、『強力伝』で第三十四回直木賞を受賞した新田次郎が、昼間は中央気象台（後の気象庁）の職員として働き、夜は殺到する原稿の依頼に追われながら、新機軸を打ち出そうと苦心して生み出したのが本編『チンネの裁き』である。山を題材に、最新の薬学や通信技術をトリックに用い、さらには心理サスペンスの要素も絡めた画期的な物語と言えるだろう。作者自身も『小説に書けなかった自伝』において、〈この年の「チンネの裁き」と「縦走路」の二作の手応えは充分だった。なにやら私は、私自身の行くべき方向を見付け出したような気がした〉と、その当時の感慨を述べている。『縦走路』は、山を舞台に、初心(うぶ)な山男と悪女的魅力を放つ女性たちとの恋愛模様を独特の筆致で綴った山岳長編小説である。「大自然と人間」を創作の根幹に据えた新田次郎にとって、二つの現代小説の成功は、自らの創作の幅が広がることを強く確信させたに違いない。

ところで、本書を読まれた読者のなかには、この物語に描かれる登場人物たちの行動や言動に、違和感を覚えた方もいたのではないだろうか。現代的視点から観ると、あまりにも未成熟な若者たちの恋情や、登山家同士の疑心暗鬼な距離感は、平成の時代相とは明らかに異なるものである。このような作品全体に漂う不穏な空気の原因は、いったい何処から生じているのだろうか。それを解明するために、本作が執筆された昭和三十年代前半の社会に目を向けてみたいと思う。なお、本編に、若い従軍経験者が登場していること、携帯用無線電話機が実験的に使われていること、山岳警備隊（全国の都道府県警察本部地域課に所属し、遭難等を担当。昭和三十年頃から順次全国に設置された）などの専門機関が描かれていないことから、作品の時代設定は、終戦から十数年後ぐらいであろうと推測される。

史料等によると、昭和三十年に、トヨタ自動車工業がトヨペットクラウンを発表。東芝は電気釜を発売し、これを期に家庭電化時代が始まる。文化面では、昭和三十年に石原慎太郎の「太陽の季節」が、雑誌「文學界」の新人賞を受賞し、翌年には芥川賞を受賞した。この作品は、経済的に恵まれた大学生たちの無軌道な青春模様を描いた衝撃作で、赤裸々な性表現も含め、戦後社会に賛否両論のセンセーションを巻き起こした。急激な物質的発展と、戦争時の閉塞感からの反動が、破壊的な青春の猛りを呼び覚ましたのだろうか。ともあれ破滅的な行動への憧れが、この時代の一つの特色であったのだ。ちなみに、芥川賞・直木賞の同期受賞者でもある両者の「太陽の季節」と『チンネの裁き』では、恋愛の描き方に差異が見受けられる点も興味深い。勿論、当時のすべてが華やかだったわけではない。昭和三十年には、「ノイローゼ」という神経衰弱を表した言葉が流行語であったと記録されている。また本編に話を戻せば、第三章のタイトルにある「暗い谷間」という言葉が意味深長な気がするのである。「暗い谷間」という表現は、現代史的に捉えると、昭和十二、三年頃の戦争へと向かう軍国主義的風潮の社会不安を表しているのだ（現代文学では、野間宏の短編小説「暗い絵」に当時の人々の苦悩が描かれている）。確かに『チンネの裁き』の舞台は戦後であり、「暗い谷間」も、字義のまま東大谷の駒草ルンゼを指している。だが、より丁寧に本編を読み直すと、作品の各所に「影」を示す文言が印象的に挿入されているのだ。第一章での「死の誘惑」を放つチンネの「C割れ目」。第二章の「雪崩の跡だけが、山全体から見て、異様に黒く露出されていた」。第三章で陣馬が落ちた

「暗い谷」。さらに街中を「暗いビルの谷間」と記している場面等々。なにより、物語の末尾を「蛭川一郎は深い谷に眼を投げた。陰鬱な谷底に山霧が動いていた」と重苦しく締め括っているところが、本作と戦争の記憶とを符合させているように思われてならないのである。

昭和三十一年の経済白書で、国は社会の経済的成長を根拠に「もはや戦後ではない」(もとは中野好夫が「文藝春秋」に発表した論文のフレーズ)と宣言した。しかし、日本人の精神や心の部分では、戦争はいまだ癒えがたく記憶されている、その事実を新田次郎は文学的に言及していたのではないだろうか。戦後の不穏な空気を暗示した山の事故。その不可解な事件に翻弄される若き登山家たち。この山岳推理小説には、戦争によって国家規模で政治的・思想(教育)的な転換を余儀なくされた若者らの混迷する姿が投影されている。漠然とした死の影に怯える蛭川繁夫や、己の罪業を悔やむ鈴島保太郎、性格を歪めた陣馬辰次。そんな彼らと対峙し、周囲に嘲笑されながらも行動し続ける木塚健。この最年少の木塚の姿勢に、作者は未来への期待と願いを込めていたように思われるのである。

そして、このような人間(登山家)の複雑な内面に迫るという作風の発見は、後の長編『孤高の人』や『栄光の岩壁』等の人物造形にも影響を与えたのではなかろうか。

多くの新田次郎作品が、戦争の記憶や肉体的事情、或いは戦後社会の「組織と人間」の問題など、自然と向き合う人々の心象を克明に捉えている。その個々人の健全なリリシズム（叙情性）にこそ、新田文学の真髄があるように思われるのだ。前出の自伝で、作者は本編のテーマが〈登山家に悪人なし〉という説を否定する意図があったと記している。この言葉は、善悪のみでは計り知れない人間の深奥を見つめ、それを描こうとする新田次郎にとって避けては通れぬテーマであり、発言だったに違いなかろう。

視野を広げて歴史を俯瞰すると、人間は悪意の集積とも言うべき戦争を何度も繰り返してきた。悲しいことだが、これは自然災害が度々発生することと同義的な宿命とも受け止められる。だが、逃れられぬ運命だからこそ、人類は正邪を見極めることを諦めずに、思考を重ねて、改善のための新たな秩序の法則を紡ぎ出さなければならない。戦後七十年の現在に復刊された本書を通じて、作者はそう我々に語りかけているように感じられるのだ。同じ悲劇を、二度と繰り返してはならないと。

最後に、本編と『銀嶺の人』との関連性について触れておきたい。『銀嶺の人』は、『孤高の人』、『栄光の岩壁』に続く実在の登山家をモデルにした山岳三部作の掉尾を飾る作品だ。二人の女性登山家が主人公で、そのうちの一人若林美佐子は、世界の森羅万象を形きざむ彫刻師であり、彼女の眼を通して、読者は大自然の輝きや美しさを感得することができる。また美佐子は、人が何故、危険を犯してでも山に登るのかという命題についても、核心的な箴言を述べる。その彼女は、雲の渦（宇宙的究極の美）を創り上げた後、フランスのドリュー西壁で、愛する者とともに大自然の峻厳な光輝に包まれながら眠りにつく。本書とは対照的に、色彩豊かな世界観や、活発で悠々と生きる女性像、温かな人間関係などによって物語世界が構築されているのである。昭和の後期を扱ったこの作品の雰囲気からも、作者が日本人の精神性の変化や時代の推移を的確に捉えていることが了解されるだろう。歴史の証言となり得る新田次郎文学の魅力を、より深く堪能する意味でも、両編併せてお読みいただくことを心からお薦めする。

（平成二十七年六月、文芸評論家）

表記について

新潮文庫の文字表記については、原文を尊重するという見地に立ち、次のように方針を定めました。

一、旧仮名づかいで書かれた口語文の作品は、新仮名づかいに改める。
二、文語文の作品は旧仮名づかいのままとする。
三、旧字体で書かれているものは、原則として新字体に改める。
四、難読と思われる語には振仮名をつける。

なお本作品中には、今日の観点からみると差別的表現ととられかねない箇所が散見しますが、著者自身に差別的意図はなく、作品自体のもつ文学性ならびに芸術性、また著者がすでに故人であるという事情に鑑み、原文どおりとしました。

（新潮文庫編集部）

新田次郎著

縦走路

冬の八ヶ岳を舞台に、四人の登山家の男女をめぐる恋愛感情のもつれと、自然と対峙する人間の緊迫したドラマを描く山岳長編小説。

新田次郎著

強力伝・孤島
直木賞受賞

直木賞受賞の処女作「強力伝」ほか、「八甲田山」「凍傷」「おとし穴」「山犬物語」など、山岳小説に新風を開いた著者の初期の代表作。

新田次郎著

孤高の人（上・下）

ヒマラヤ征服の夢を秘め、日本アルプスの山々をひとり疾風の如く踏破した〝単独行の加藤文太郎〟の劇的な生涯。山岳小説の傑作。

新田次郎著

蒼氷・神々の岩壁

富士山頂の苛烈な自然を背景に、若い気象観測所員達の友情と死を描く「蒼氷」。谷川岳衝立岩に挑む男達を描く「神々の岩壁」など。

新田次郎著

栄光の岩壁（上・下）

凍傷で両足先の大半を失いながら、次々に岩壁に挑戦し、遂に日本人として初めてマッターホルン北壁を征服した竹井岳彦を描く長編。

新田次郎著

先導者・赤い雪崩

女性四人と男性リーダーのパーティが遭難死に至る経緯をとらえ、極限状況における女性の心理を描いた「先導者」など8編を収める。

新田次郎著 八甲田山死の彷徨

全行程を踏破した弘前三十一聯隊と、一九九名の死者を出した青森五聯隊——日露戦争前夜、厳寒の八甲田山中での自然と人間の闘い。

新田次郎著 アイガー北壁・気象遭難

千八百メートルの巨大な垂直の壁に挑んだ二人の日本人登山家を実名小説として描く「アイガー北壁」をはじめ、山岳短編14編を収録。

新田次郎著 アルプスの谷 アルプスの村

チューリッヒを出発した汽車は、いよいよ憧れのアイガー、マッターホルンへ……ヨーロッパの自然の美しさを爽やかに綴る紀行文。

新田次郎著 銀嶺の人（上・下）

仕事を持ちながら岩壁登攀に青春を賭け、女性では世界で初めてマッターホルン北壁完登を成しとげた二人の実在人物をモデルに描く。

新田次郎著 梅雨将軍信長

今川義元の首を獲った桶狭間、武田家を打ち滅ぼした長篠。信長が飛躍するとき、それはいつも雨の季節だった。異色歴史小説全9編。

新田次郎著 アラスカ物語

十五歳で日本を脱出、アラスカにわたり、エスキモーの女性と結婚。飢餓から一族を救出して救世主と仰がれたフランク安田の生涯。

新田次郎著

つぶやき岩の秘密

紫郎少年は人影が消えた崖の秘密を探るのだが、謎は深まるばかり。洞窟探検、暗号解読、そして殺人。新田次郎会心の少年冒険小説。

新田次郎著

小説に書けなかった自伝

昼間はたらいて、夜書く——。編集者の冷たさ、意に沿わぬレッテル、職場での皮肉。人間の根源を見据えた新田文学、苦難の内面史。

藤原正彦著

若き数学者のアメリカ

一九七二年の夏、ミシガン大学に研究員として招かれた青年数学者が、自分のすべてをアメリカにぶつけた、躍動感あふれる体験記。

藤原正彦著

数学者の言葉では

苦しいからこそ大きい学問の喜び、父・新田次郎に励まされた文章修業、若き数学者が真摯な情熱とさりげないユーモアで綴る随筆集。

藤原正彦著

数学者の休憩時間

「正しい論理より、正しい情緒が大切」。数学者の気取らない視点で見た世界は、プラスもマイナスも味わい深い。選りすぐりの随筆集。

藤原正彦著

遥かなるケンブリッジ
—一数学者のイギリス—

「一応ノーベル賞はもらっている」こんな学者が闊歩する伝統のケンブリッジで味わった波瀾の日々。感動のドラマティック・エッセイ。

藤原正彦著
父の威厳　数学者の意地
武士の血をひく数学者が、妻、育ち盛りの三人息子との侃々諤々の日常を、冷静かつホットに描ききる。著者本領全開の傑作エッセイ集。

藤原正彦著
心は孤独な数学者
ニュートン、ハミルトン、ラマヌジャン。三人の天才数学者の人間としての足跡を、同じ数学者ならではの視点で熱く追った評伝紀行。

藤原正彦著
古風堂々数学者
独特の教育論・文化論、得意の家族物に少年期を活写した中編。武士道精神を尊び、情に棹さしてばかりの数学者による、48篇の傑作随筆。

藤原正彦著
祖国とは国語
国家の根幹は、国語教育にかかっている。国語は、論理を育み、情緒を培い、教養の基礎たる読書力を支える。血涙の国家論的教育論。

藤原正彦著
人生に関する72章
いじめられた友人、セックスレスの夫婦、ニートの息子、退学したい……人生は難問満載。どうすべきか、ズバリ答える人生のバイブル。

藤原正彦著
日本人の矜持
―九人との対話―
英語早期教育の愚、歪んだ個性の尊重、唾棄すべき米国化。我らが藤原正彦が九名の賢者と日本の明日について縦横無尽に語り合う。

藤原正彦著 管見妄語 大いなる暗愚

アメリカの策略に警鐘を鳴らし、国民に迎合する安直な政治を叱りつけ、ギョウザを熱く語る。「週刊新潮」の大人気コラムの文庫化。

藤原正彦著 管見妄語 始末に困る人

東日本大震災で世界から賞賛された日本人の底力を誇り、復興に向けた真のリーダー像を説く。そして時折賢妻に怯える大人気コラム。

藤原正彦著 管見妄語 卑怯を映す鏡

卑怯を忌む日本人の美徳は、どこに行ってしまったのか。現代の病んだ精神を鋭い慧眼と独自のユーモアで明るみにするコラム集。

藤原正彦著 ヒコベエ

貧しくても家族が支え合い、励まし合い、近隣が助け合い、生きていたあの頃。美しい信州諏訪の風景と共に描く、初の自伝的小説。

堀辰雄著 風立ちぬ・美しい村

高原のサナトリウムに病を癒やす娘とその恋人の心理を描いて、時の流れのうちに人間の生死を見据えた「風立ちぬ」など中期傑作2編。

吉村昭著 高熱隧道

トンネル貫通の情熱に憑かれた男たちの執念と、予測もつかぬ大自然の猛威との対決――綿密な取材と調査による黒三ダム建設秘史。

服部文祥著　百年前の山を旅する

サバイバル登山を実践する著者が、江戸、明治時代の古道ルートを辿るため、当時の装備で駆け抜ける古典的で斬新な山登り紀行。

千松信也著　ぼくは猟師になった

山をまわり、シカ、イノシシの気配を探る。ワナにかける。捌いて、食う。33歳のワナ猟師が京都の山から見つめた生と自然の記録。

沢木耕太郎著　凍
講談社ノンフィクション賞受賞

「最強のクライマー」山野井が夫妻で挑んだ魔の高峰は、絶望的選択を強いた――奇跡の登山行と人間の絆を描く、圧巻の感動作。

井上靖著　氷壁

前穂高に挑んだ小坂乙彦は、切れるはずのないザイルが切れて墜死した――恋愛と男同士の友情がドラマチックにくり広げられる長編。

深田久弥著　日本百名山
読売文学賞受賞

旧い歴史をもち、文学に謳われ、独自の風格をそなえた名峰百座。そのすべての山頂を窮めた著者が、山々の特徴と美しさを語る名著。

唯川恵著　一瞬でいい（上・下）

もしあの一瞬がなかったら、どんな人生になっていたのだろう……。18歳の時の悲劇が三人の運命を狂わせてゆく。壮大な恋愛長編。

近藤史恵著

サクリファイス

大藪春彦賞受賞

自転車ロードレースチームに所属する、白石誓。欧州遠征中、彼の目の前で悲劇は起きた！　青春小説×サスペンス、奇跡の二重奏。

恩田陸著

夜のピクニック

吉川英治文学新人賞・本屋大賞受賞

小さな賭けを胸に秘め、貴子は高校生活最後のイベント歩行祭にのぞむ。誰にも言えない秘密を清算するために。永遠普遍の青春小説。

宮部みゆき著

ソロモンの偽証

―第Ⅰ部　事件―（上・下）

クリスマス未明に転落死したひとりの中学生。彼の死は、自殺か、殺人か――。作家生活25年の集大成、現代ミステリーの最高峰。

誉田哲也著

アクセス

ホラーサスペンス大賞特別賞受賞

誰かを勧誘すればネットが無料で使えるという「2mb.net」。この奇妙なプロバイダに登録した高校生たちを、奇怪な事件が次々襲う。

高村薫著

マークスの山（上・下）

直木賞受賞

マークス――。運命の名を得た男が開いた扉の先に、血塗られた道が続いていた。合田雄一郎警部補の眼前に立ち塞がる、黒一色の山。

桜木紫乃著

ラブレス

島清恋愛文学賞受賞・突然愛を伝えたくなる本大賞受賞

旅芸人、流し、仲居、クラブ歌手……歌を心の糧に波乱万丈な生涯を送った女の一代記。著者の大ブレイク作となった記念碑的な長編。

チンネの裁き

新潮文庫 に - 2 - 6

平成二十七年八月一日発行

著者 新田次郎

発行者 佐藤隆信

発行所 株式会社新潮社

郵便番号 一六二―八七一一
東京都新宿区矢来町七一
電話 編集部(〇三)三二六六―五四四〇
読者係(〇三)三二六六―五一一一
http://www.shinchosha.co.jp

価格はカバーに表示してあります。

乱丁・落丁本は、ご面倒ですが小社読者係宛ご送付ください。送料小社負担にてお取替えいたします。

印刷・二光印刷株式会社　製本・加藤製本株式会社

ISBN978-4-10-112230-4 C0193